以吻封缄

莎士比亚抒情诗精选

[英]莎士比亚-著　朱生豪-译

图书在版编目(CIP)数据

以吻封缄:莎士比亚抒情诗精选 / (英) 莎士比亚著;朱生豪译. -- 贵阳:贵州人民出版社,2019.11
ISBN 978-7-221-15528-3

Ⅰ.①以… Ⅱ.①莎… ②朱… Ⅲ.①抒情诗-诗集-英国-中世纪 Ⅳ.①I561.23

中国版本图书馆CIP数据核字(2019)第192681号

以吻封缄:莎士比亚抒情诗精选

[英] 莎士比亚 / 著 朱生豪 / 译

选题策划:	京贵传媒
责任编辑:	刘旭芳
特约编辑:	王妍萍
装帧设计:	刘 霄
出版发行:	贵州出版集团 贵州人民出版社
社　　址:	贵阳市观山湖区会展东路SOHO办公区A座
邮　　编:	550001
印　　刷:	北京温林源印刷有限公司
开　　本:	880mm×1230mm　1/32
印　　张:	8.25
字　　数:	140千字
版　　次:	2019年11月第1版
印　　次:	2019年11月第1次印刷
书　　号:	ISBN 978-7-221-15528-3
定　　价:	68.00元

本书如有印装质量问题,请与我们联系调换(010-6580 1127)。
版权所有　侵权必究

目 录
contents

导 读

chapter 1
爱，暗夜里的光

- 002 我再也遏制不住我的怒气
- 003 何必满腹牢愁
- 004 让我再看看你的脸
- 005 我的心灵失去了归宿
- 006 我们的意志
- 007 永别了
- 008 这些是无情的眼泪
- 010 爱的黑夜有中午的阳光
- 011 我们的爱情总不过如此
- 012 假如音乐是爱情的粮食
- 013 爱能够消化一切

chapter 2
爱情，不过如此

- 016 要是你有一天和人恋爱了
- 017 我抛不下你
- 018 啊，复仇
- 022 人类是一件多了不起的杰作
- 023 这贪污的人世
- 024 一颗多么高贵的心是这样陨落了
- 025 天上的神明啊
- 026 我不能祈祷
- 027 脆弱啊，你的名字就是女人
- 029 生存还是毁灭
- 039 我不愿改变这种生活

chapter 3
爱的诗篇，为我证明

- 042 你有眼睛吗
- 044 从这一刻起
- 046 全世界是一个舞台
- 048 我独有的忧愁
- 049 我的爱情是这样圣洁而完整
- 050 我的诗，证明我的爱情
- 051 我站在这儿，只是你们的奴隶
- 052 哀号吧
- 053 吹吧，风
- 054 我爱你是不可以数量计算的
- 055 永远抱着希冀而无所恐惧

chapter 4
致那些事与愿违的爱情

- 058 我要向你们复仇
- 060 狂风把大地吹下海里
- 061 不管今夜还会发生什么
- 062 伟大的神灵
- 063 智慧和仁义在恶人眼中看来都是恶的
- 064 在这样一个夜里
- 065 睁开你们的眼睛来
- 066 无名的悲哀
- 067 把镜子给我
- 068 聪明人决不袖手闲坐
- 069 谁能把一团火握在手里

chapter 5
早安，我爱的人

- 080 鲜花是向你巧笑的美人
- 081 我不能不喜欢它
- 082 这音乐使我发疯
- 084 我的死该是多么幸福
- 086 一个人的临死遗言
- 087 神圣的造化女神
- 088 再会吧，国王
- 090 醒醒吧，亲爱的美人
- 091 狂暴的快乐
- 092 真好的天气
- 093 啊，海伦

chapter 6
那些爱情，等你聆听

- 096 爱情啊
- 097 幸福的美丽啊
- 098 不要因为我的肤色厌恶我
- 099 慈悲不是出于勉强
- 100 美丽的鲍西娅
- 101 那是一定的道理
- 102 世人容易被表面的装饰欺骗
- 104 倘使做一件事情就跟知道应该做什么一样容易
- 105 这种人是不可信任的
- 106 这就是爱情的错误
- 107 只要不嫁给帕里斯

chapter 7
唯有爱,能包容一切

- 110 今晚才遇见绝世的佳人
- 119 年轻人的爱情
- 120 来吧,你黑夜中的白昼
- 122 天使般的魔鬼
- 123 奇怪的梦中
- 124 就是她
- 126 趁太阳还没有睁开火眼
- 128 起来吧,美丽的太阳
- 130 为什么你要怨恨自己的生不逢辰
- 131 我感觉到的爱情

chapter 8
爱即永恒

- 134 那是夜莺的歌声
- 136 啊,我的胸膛
- 137 别人敢做的事我都敢
- 138 从这一刻起
- 139 生命的美酒已经喝完
- 140 愿上天给他们安息
- 141 来吧,阴沉的黑夜
- 142 可怜的祖国
- 143 人生不过是一个行走的影子
- 144 我必须请您原谅

chapter 9
与世界温暖相拥

- 146 莎士比亚十四行诗

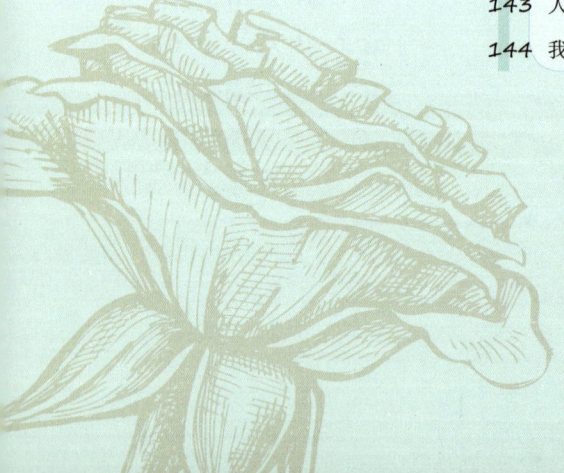

导 读

威廉·莎士比亚（1564-1616）是欧洲文艺复兴时期最重要的作家，杰出的戏剧家和诗人，他在欧洲文学史上占有特殊的地位，被喻为"人类文学奥林匹克山上的宙斯"。莎士比亚一生创作的三十七部戏剧，均是以诗体写成的。正是这些被称为诗剧的创作及其演出的成功，为莎士比亚树起了高耸云天的丰碑，令时人击节激赏，令后人流连不已，被视为人类文化史上优秀的文化遗产。

本书的每篇诗作都是从莎士比亚诗集作品中精选出来的，其中既有对浪漫爱情的倾诉，也有对自己国家的深厚情感的表达，莎士比亚豪迈高亢的爱国之情和温暖柔美的男女之情，是诗人心灵的抚慰、灵魂的呐喊。全书配以唯美的彩色插图，让喜欢莎士比亚的读者不光从戏剧作品了解他，也从诗歌这样一个视角，更深刻地去感受他内心所要表达的情感。

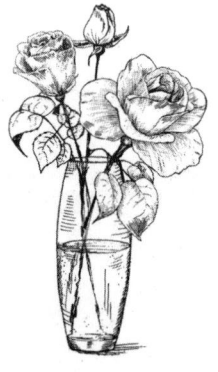

chapter 1

爱,暗夜里的光

爱情的精灵呀!你是多么敏感而活泼;

虽然你有海一样的容量,

可是无论怎样高贵超越的事物,

一进了你的范围,便会在顷刻间失去了它的价值。

我再也遏制不住我的怒气

苍天在上，我现在可再也遏制不住我的怒气了。
我的血气蒙蔽了清明的理性，
叫我只知道凭着冲动的感情行事。
我只要动一动，或是举一举这一只胳臂，
就可以叫你们中间最有本领的人在我的一怒之下丧失了
生命。
让我知道这一场可耻的骚扰是怎么开始的，
谁是最初肇起事端来的人。
要是证实了哪一个人是启衅的罪魁，
即使他是我的孪生兄弟，
我也不能放过他。

何必满腹牢愁

眼看希望幻灭,厄运临头,
无可挽回,何必满腹牢愁?
为了既成的灾祸而痛苦,
徒然招惹出更多的灾祸。
既不能和命运争强斗胜,
还是付之一笑,安心耐忍。
聪明人遭盗窃毫不介意;
痛哭流涕反而伤害自己。

让我再看看你的脸

啊,让我再看看你的脸吧,薄命的女郎!
像你的衬衣一样惨白!我们在天底对簿的时候,
你这一副脸色就可以把我的灵魂赶下天堂,
让魔鬼把它抓去。你的全身冰冷,我的恋人!
正像你的贞洁一样凛若寒霜。
啊,该死的、该死的奴才!
魔鬼啊,把我从这天仙一样美人的面前鞭逐出去吧!
让狂风把我吹卷、硫黄把我熏烤、沸汤的深渊
把我沉浸吧!
啊,苔丝狄蒙娜!苔丝狄蒙娜!死了!
啊!啊!啊!

我的心灵失去了归宿

要是上天的意思,
要让我受尽种种的折磨;
要是他用诸般的痛苦和耻辱降在我的毫无防卫的头上,
把我浸没在贫困的泥沼里,
剥夺我的一切自由和希望,
我也可以在我的灵魂的一隅之中,
找到一滴忍耐的甘露。
可是唉!在这尖酸刻薄的世上,
做一个被人戟指笑骂的目标!
就连这个,我也完全可以容忍。
可是我的心灵失去了归宿,
我的生命失去了寄托,
我的活力的源泉枯竭了,
变成了蛤蟆繁育生息的污池!
忍耐,你朱唇韶颜的天婴啊,
转变你的脸色,让它化成地狱般的狰狞吧!

我们的意志

我们变成这样那样,全在于我们自己。
我们的身体就像一座园圃,
我们的意志是这园圃里的园丁;
不论我们插荨麻、种莴苣、栽下牛膝草、拔起百里香,
或者单独培植一种草木,
或者把全园种得万卉纷披,
让它荒废不治也好,
把它辛勤耕垦也好,
那权力都在于我们的意志。

永别了

啊！从今以后，永别了，宁静的心绪！
永别了，平和的幸福！
永别了，威武的大军、激发壮志的战争！
啊，永别了！
永别了，长嘶的骏马，锐利的号角，
惊魂的鼙鼓，刺耳的横笛，庄严的大旗，
一切战阵上的威仪！
还有你，杀人的巨炮啊，
你的残暴的喉管里摹仿着天神乔武的怒吼，
永别了！

这些是无情的眼泪

只是为了这一个原因,只是为了这一个原因,我的灵魂!

纯洁的星星啊,不要让我向你们说出它的名字!

只是为了这一个原因……可是我不愿溅她的血,

也不愿毁伤她那比白雪更皎洁、比石膏更腻滑的肌肤。

可是她不能不死,否则她将要陷害更多的男子。

让我熄灭了这一盏灯,然后我就熄灭你的生命的火焰。

融融的灯光啊,我把你吹熄以后,

要是我心生后悔,仍旧可以把你重新点亮。

可是你,造化最精美的形象啊,

你的火焰一旦熄灭,

我不知道什么地方有那天上的神火,

能够燃起你的原来的光彩!我摘下了蔷薇,

就不能再给它已失的生机,

只好让它枯萎凋谢;

当它还在枝头的时候,我要嗅一嗅它的芳香。

(吻苔丝狄蒙娜)

啊,甘美的气息!你几乎诱动公道的心,

使她折断她的利剑了!再一个吻,再一个吻。

愿你到死都是这样;

我要杀死你,然后再爱你。

再一个吻,这是最后的一吻了;

这样销魂,却又是这样惨痛!

我必须哭泣,然而这些是无情的眼泪。

这一阵阵悲伤是神圣的,

因为它要惩罚的正是它最疼爱的。

爱的黑夜有中午的阳光

唉!他嘴角的轻蔑和怒气,
冷然的神态可多么美丽!
爱比杀人重罪更难隐藏;
爱的黑夜有中午的阳光。
西萨里奥,凭着春日蔷薇、
贞操、忠信与一切,我爱你
这样真诚,不顾你的骄傲,
理智拦不住热情的宣告。
别以为我这样向你求情,
你就可以无须再献殷勤;
须知求得的爱虽费心力,
不劳而获的更应该珍惜。

我们的爱情总不过如此

她从来不向人诉说她的爱情,
让隐藏在内心中的抑郁像蓓蕾中的蛀虫一样,
侵蚀着她的绯红的脸颊;
她因相思而憔悴,疾病和忧愁折磨着她,
像是墓碑上刻着的"忍耐"的化身,
默坐着向悲哀微笑。这不是真的爱情吗?
我们男人也许更多话,更会发誓,
可是我们所表示的,总多于我们所决心实行的;
不论我们怎样山盟海誓,
我们的爱情总不过如此。

假如音乐是爱情的粮食

假如音乐是爱情的粮食,那么奏下去吧;

尽量地奏下去,

好让爱情因过饱噎塞而死。

又奏起这个调子来了!它有一种渐渐消沉下去的节奏。

啊!它经过我的耳畔,

就像微风吹拂一丛紫罗兰,发出轻柔的声音,

一面把花香偷走,一面又把花香分送。

够了!别再奏下去了!

它现在已经不像原来那样甜蜜了。

爱情的精灵呀!你是多么敏感而活泼;

虽然你有海一样的容量,

可是无论怎样高贵超越的事物,

一进了你的范围,便会在顷刻间失去了它的价值。

爱情是这样充满了意象,

在一切事物中是最富于幻想的。

爱能够消化一切

爱能够消化一切,
女人的小小的身体一定受不住,
像爱情强加于我心中的那种激烈的搏跳;
女人的心没有这样广大,可以藏得下这许多;
她们缺少隐忍的能力。
唉,她们的爱就像一个人的口味一样,
不是从脏腑里,而是从舌尖上感觉到的,
过饱了便会食伤呕吐;
可是我的爱就像饥饿的大海,
能够消化一切。

chapter 2

爱情，不过如此

我们的这种生活，虽然远离尘嚣，

却可以听树木的谈话，溪中的流水便是大好的文章，

每一件事物中间，都可以找到些益处来。

我不愿改变这种生活。

要是你有一天和人恋爱了

要是你有一天和人恋爱了,
请在甜蜜的痛苦中记着我;
因为真心的恋人都像我一样,
在其他一切情感上都是轻浮易变,
但他所爱的人儿的影像,
却永远铭刻在他的心头。

我抛不下你

我抛不下你,

我的愿望比磨过的刀还要锐利地驱迫着我。

虽然为了要看见你,

再远的路我也会跟着你去,

可并不全然为着这个理由。

我担心你在这些地方是个陌生人,

路上也许会碰到些什么;

一路没人领导没有朋友的异乡客。出门总有许多不方便。

我的诚心的爱,

再加上这样使我忧虑的理由,

迫使我来追赶你。

啊，复仇

好，上帝和你们同在！
现在我只剩一个人了。
啊，我是一个多么不中用的蠢材！
这一个伶人不过在一本虚构的故事、
一场激昂的幻梦之中，
却能够使他的灵魂融化在他的意象里，
在它的影响之下，他的整个的脸色变成惨白，
他的眼中洋溢着热泪，他的神情流露着仓皇，
他的声音是这么呜咽凄凉，
他的全部动作都表现得和他的意象一致，
这不是极其不可思议的吗？
而且一点也不为了什么！
为了赫卡柏！

赫卡柏对他有什么相干，他对赫卡柏又有什么相干，
他却要为她流泪？
要是他也有了像我所有的那样使人痛心的理由，
他将要怎样呢？
他一定会让眼泪淹没了舞台，
用可怖的字句震裂了听众的耳朵。
使有罪的人发狂，使无罪的人惊骇，
使愚昧无知的人惊惶失措，
使所有的耳目迷乱了它们的功能。
可是我，
一个糊涂的家伙，垂头丧气，
一天到晚像在做梦似的，忘记了杀父的大仇；
虽然一个国王给人家用万恶的手段掠夺了权位，
杀害了他的最宝贵的生命，

我却始终哼不出一句话来。我是一个懦夫吗?

谁骂我恶人?谁敲破我的脑壳?

谁拔去我的胡子,把它吹在我的脸上?

谁扭我的鼻子?谁当面指斥我胡说?

谁对我做这种事?

嘿!

我应该忍受这样的侮辱,

因为我是一个没有心肝、逆来顺受的怯汉,

否则我早已用这奴才的尸肉,

喂肥了满天盘旋的乌鸢了。

嗜血的、荒淫的恶贼!

狠心的、奸诈的、淫邪的、悖逆的恶贼!

啊！复仇！

嗨，我真是个蠢材！

我的亲爱的父亲被人谋杀了，

鬼神都在鞭策我复仇，

我这做儿子的却像一个下流女人似的，只会用空言发发牢骚，

学起泼妇骂街的样子来，在我已经是了不得的了！

呸！呸！

活动起来吧，我的脑筋！

人类是一件多么了不起的杰作

我近来不知为了什么缘故，
一点兴致都提不起来，
什么游乐的事都懒得过问；
在这一种抑郁的心境之下，
仿佛负载万物的大地，
这一座美好的框架，只是一个不毛的荒岬；
这个覆盖众生的苍穹，这一顶壮丽的帐幕，
这个金黄色的火球点缀着的庄严的屋宇，
只是一大堆污浊的瘴气的集合。
人类是一件多么了不得的杰作！
多么高贵的理性！多么伟大的力量！
多么优美的仪表！多么文雅的举动！
在行为上多么像一个天使！在智慧上多么像一个天神！
宇宙的精华！万物的灵长！
可是在我看来，这一个泥土塑成的生命算得了什么？
人类不能使我发生兴趣；
不，女人也不能使我发生兴趣，
虽然从你现在的微笑之中，
我可以看到你在这样想。

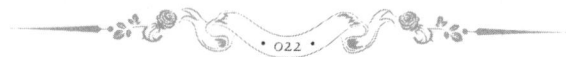

这贪污的人世

在这贪污的人世,
罪恶的镀金的手也许可以把公道推开不顾,
暴徒的赃物往往成为枉法的贿赂;
可是天上却不是这样的,
在那边一切都无可遁避,
任何行动都要显现它的真相,
我们必须当面为我们自己的罪恶作证。
那么怎么办呢?还有什么法子好想呢?
试一试忏悔的力量吧。什么事情是忏悔不能做到的!
可是对于一个不能忏悔的人,它又有什么用呢?
啊,不幸的处境!
啊,像死亡一样黑暗的心胸!
啊,越是挣扎,越是不能脱身地绞住了的灵魂!
救救我,天使们!
试一试吧:屈下来,顽强的膝盖;
钢丝一样的心弦,变得像新生之婴的筋肉一样柔嫩吧!
但愿一切转祸为福!

一颗多么高贵的心是这样陨落了

啊,一颗多么高贵的心是这样陨落了!
朝臣的眼睛,学者的辩舌,军人的利剑,国家所瞩望的一朵娇花;
时流的明镜,人伦的雅范,举世瞩目的中心,
这样无可挽回地陨落了!
我是一切妇女中间最伤心而不幸的,
我曾经从他音乐一般的盟誓中吮吸芬芳的甘蜜,
现在却眼看着他的高贵无上的理智,
像一串美妙的银铃失去了谐和的音调,
无比的青春美貌,在疯狂中凋谢!
啊!我好苦,
谁料过去的繁华,变作今朝的泥土!

天上的神明啊

天上的神明啊！地啊！再有什么呢？
我还要向地狱呼喊吗？啊，呸！忍着吧，忍着吧，我的心！
我的全身的筋骨，不要一下子就变成衰老，
支持着我的身体呀！记着你！
是的，我可怜的亡魂，
当记忆不曾从我这混乱的头脑里消失的时候，
我会记着你的。
记着你！是的，我要从我的记忆的碑板上，
拭去一切琐碎愚蠢的记录，
一切书本上的格言，一切陈言套语，一切过去的印象，
我的少年的阅历所留下的痕迹，
只让你的命令留在我的脑筋的书卷里，
不掺杂一些下贱的废料；
是的，上天为我作证！

我不能祈祷

我罪恶的戾气已经上达于天；
我的灵魂上负着一个元始以来最初的诅咒，
杀害兄弟的暴行！我不能祈祷，
虽然我的愿望像决心一样强烈；
我的更坚强的罪恶击败了我的坚强的意愿。
像一个人同时要做两件事情，
我因为不知道应该先从什么地方下手而徘徊歧途，
结果反弄得一事无成。
要是这一只可诅咒的手上染满了一层比它本身还厚的兄弟的血，
难道天上所有的甘霖，
都不能把它洗涤得像雪一样洁白吗？
慈悲的使命，
不就是宽恕罪恶吗？
祈祷的目的，不是一方面预防我们的堕落，
一方面救拔我们于已堕落之后吗？
那么我要仰望上天；我的过失已经犯下了。可是唉！
哪一种祈祷才是我所适用的呢？

脆弱啊,你的名字就是女人

啊,但愿这一个太坚实的肉体会融解、消散,
化成一堆露水!
或者那永生的真神未曾制定禁止自杀的律法!
上帝啊!上帝啊!
人世间的一切在我看来是多么可厌、陈腐、乏味而无聊!
哼!哼!那是一个荒芜不治的花园,
长满了恶毒的莠草。
想不到居然会有这种事情!
刚死了两个月!不,两个月还不满!
这样好的一个国王,比起当前这个来,
简直是天神和丑怪;这样爱我的母亲,
甚至于不愿让天风吹痛了她的脸。天地呀!
我必须记着吗?嘿,她会偎倚在他的身旁,
好像吃了美味的食物,格外促进了食欲一般;
可是,只有一个月的时间,
我不能再想下去了!脆弱啊,你的名字就是女人!

短短的一个月以前,
她哭得像个泪人儿似的,
送我那可怜的父亲下葬;
她在送葬的时候所穿的那双鞋子还没有破旧,
她就,她就——
上帝啊!
一头没有理性的畜生也要悲伤得长久一些——她就嫁给我的叔父,
我的父亲的弟弟,可是他一点不像我的父亲,
正像我一点不像赫拉克勒斯一样。只有一个月的时间,
她那流着虚伪之泪的眼睛还没有消去红肿,
她就嫁了人了。啊,罪恶的匆促,
这样迫不及待地钻进了乱伦的衾被!
那不是好事,也不会有好结果;
可是碎了吧。我的心,因为我必须噤住我的嘴!

生存还是毁灭

生存还是毁灭，这是一个值得考虑的问题；
默然忍受命运的暴虐的毒箭，
或是挺身反抗人世的无涯的苦难，通过斗争把它们扫清，
这两种行为，哪一种更高贵？
死了，睡着了；
什么都完了，要是在这一种睡眠之中，
我们心头的创痛，以及其他无数血肉之躯所不能避免的打击，
都可以从此消失，那正是我们求之不得的结局。
死了，睡着了；
睡着了也许还会做梦；嗯，阻碍就在这儿：
因为当我们摆脱了这一具腐朽的皮囊以后，
在那死的睡眠里，究竟将要做些什么梦，
那不能不使我们踌躇顾虑。
人们甘心久困于患难之中，也就是为了这个缘故；
谁愿意忍受人世的鞭挞和讥嘲，
压迫者的凌辱，傲慢者的冷眼，
被轻蔑的爱情的惨痛，法律的迁延，

官吏的横暴和费尽辛勤所换来的小人的鄙视，
要是他只用一柄小小的刀子，
就可以清算他自己的一生？
谁愿意负着这样的重担，
在烦劳的生命的压迫下呻吟流汗，
倘不是因为惧怕不可知的死后，
惧怕那从来不曾有一个旅人回来过的神秘之国，
是它迷惑了我们的意志，
使我们宁愿忍受目前的折磨，
不敢向我们所不知道的痛苦飞去？
这样，重重的顾虑使我们全变成了懦夫，
决心的赤热的光彩，
被审慎的思维盖上了一层灰色，
伟大的事业在这一种考虑之下，也会逆流而退，
失去了行动的意义。

我不愿改变这种生活

冬天的寒风张舞着冰雪的爪牙,
发出暴声的呼啸,
即使当它砭刺着我的身体,
使我冷得发抖的时候,我也会微笑着说:
"这不是谄媚啊,它们就像是忠臣一样,
谆谆提醒我所处的地位。"
逆运也有它的好处,
就像丑陋而有毒的蟾蜍,
它的头上却顶着一颗珍贵的宝石。
我们的这种生活,虽然远离尘嚣,
却可以听树木的谈话,溪中的流水便是大好的文章,
一石之微,也暗寓着教训;
每一件事物中间,都可以找到些益处来。
我不愿改变这种生活。

chapter 3
爱的诗篇,为我证明

悬在这里吧,我的诗,证明我的爱情;

你三重王冠的夜间的女王,请临视,

你的名字,支配着我生命的。

你有眼睛吗

你有眼睛吗?
你甘心离开这一座大好的高山,
靠着这荒野生活吗?
嘿!你有眼睛吗?
你不能说那是爱情,因为在你的年纪,
热情已经冷淡下来,变驯服了,
肯听从理智的判断;
什么理智愿意从这么高的地方,降落到这么低的所在呢?
知觉你当然是有的,
否则你就不会有行动,可是你那知觉也一定已经麻木了;
因为就是疯人也不会犯那样的错误,
无论怎样丧心病狂,
总不会连这样悬殊的差异都分辨不出来。

那么是什么魔鬼蒙住了你的眼睛,把你这样欺骗呢?
有眼睛而没有触觉,有触觉而没有视觉,
有耳朵而没有眼或手,只有嗅觉而别的什么都没有,
甚至只剩下一种官觉还出了毛病,
也不会糊涂到你这步田地。
羞啊!你不觉得惭愧吗?
要是地狱中的孽火可以在一个中年妇人的骨髓里煽起蠢
动,那么在青春的烈焰中,
让贞操像蜡一样融化了吧。
当无法阻遏的情欲大举进攻的时候,
用不着喊什么羞耻了,
因为霜雪都会自动燃烧,
理智都会做情欲的奴隶呢。

从这一刻起

一个人要是把生活的幸福和目的,
只看作吃吃睡睡,他还算是个什么东西?
简直不过是一头畜生!
上帝造下我们来,使我们能够这样高谈阔论,
瞻前顾后,
当然要我们利用他所赋予我们的这一种能力和灵明的理
智,不让它们白白废掉。
现在我明明有理由,有决心,有力量,有方法,
可以动手干我所要干的事,
可是我还是在大言不惭地说:"这件事需要做。"
可是始终不曾在行动上表现出来;
我不知道这是因为像鹿豕一般的健忘呢,
还是因为三分怯懦一分智慧过于审慎的顾虑。
像大地一样显明的榜样都在鼓励我;
瞧这一支勇猛的大军,
领头的像一个娇养的王子。
勃勃的雄心振起了他的精神,
使他蔑视不可知的结果,

为了区区一块弹丸大小的不毛之地，拼着血肉之躯，
去向命运、死亡和危险挑战。
真正的伟大不是轻举妄动，
而是在荣誉遭遇危险的时候，
即使为了一根稻秆之微，也要慷慨力争。
可是我的父亲给人惨杀，我的母亲给人污辱，
我的理智和感情都被这种不共戴天的大仇所激动，
我却因循隐忍，一切听其自然，
看着这两万人为了博取一个空虚的名声，
视死如归地走下他们的坟墓里去，
目的只是争夺一方还不够给他们作战场或者埋骨之所的土地，相形之下，我将何地自容呢？
啊！从这一刻起，
让我摒除一切的疑虑妄念，
把流血的思想充满在我的脑际！

全世界是一个舞台

全世界是一个舞台,

所有的男男女女不过是一些演员;

他们都有下场的时候,也都有上场的时候。

一个人的一生中扮演着好几个角色,

他的表演可以分为七个时期,最初是婴孩。

在保姆的怀中啼哭呕吐。

然后是背着书包、满脸红光的学童,

像蜗牛一样慢腾腾地拖着脚步,

不情愿地呜咽着上学堂。

然后是情人,像炉灶一样叹着气,

写了一首悲哀的诗歌咏着他恋人的眉毛。

然后是一个军人,

满口发着古怪的誓,胡须长得像豹子一样,

爱惜着名誉,动不动就要打架,

在炮口上寻求着泡沫一样的荣名。

然后是法官,
胖胖圆圆的肚子塞满了阉鸡,
凛然的眼光,整洁的胡须,
满嘴都是格言和老生常谈;
他这样扮了他的一个角色。
第六个时期变成了精瘦的趿着拖鞋的
龙钟老叟,
鼻子上架着眼镜,腰边悬着钱袋;
他那年轻时节省下来的长袜子套在
他皱瘪的小腿上显得宽大异常;
他那朗朗的男子的口音又变成了孩子
似的尖叫声,
像是吹着风笛和哨子。
终结着这段古怪的多事的历史的最后一场,
是孩提时代的再现,全然的遗忘,
没有牙齿,没有眼睛,没有口味,没有一切。

我独有的忧愁

我没有学者的忧愁,那是好胜;

也没有音乐家的忧愁,那是幻想;

也没有侍臣的忧愁,那是骄傲;

也没有军人的忧愁,那是野心;

也没有律师的忧愁,那是狡猾;

也没有女人的忧愁,那是挑剔;

也没有情人的忧愁,那是集上面一切之大成。

我的忧愁全然是我独有的,

它是由各种成分组成的,

是从许多事物中提炼出来的,

是我旅行中所得到的各种观感,

因为不断沉思,

终于把我笼罩在一种十分古怪的悲哀之中。

我的爱情是这样圣洁而完整

我的爱情是这样圣洁而完整，
我又是这样不蒙眷顾，
因此只要能够拾些人家收获过后留下来的残穗，
我也以为是一次最丰富的收成了；
随时略微给我一个不经意的微笑，
我就可以靠着它活命。

我的诗,证明我的爱情

悬在这里吧,我的诗,证明我的爱情;
你三重王冠的夜间的女王,请临视,
从苍白的上天,用你那贞洁的眼睛,
那支配我生命的,你那猎伴的名字。
啊,罗瑟琳!这些树林将是我的书册,
我要在一片片树皮上镂刻下相思,
好让每一个来到此间的林中游客,
在任何地方都见得到颂赞她美德的言辞。
走,走,奥兰多,去在每株树上刻上伊,
那美好的、幽娴的、无可比拟的人儿。

我站在这儿,只是你们的奴隶

尽管轰着吧!尽管吐你的火舌,尽管喷你的雨水吧!
雨、风、雷、电,都不是我的女儿,
我不责怪你们的无情;
我不曾给你们国土,不曾称你们为我的孩子,
你们没有顺从我的义务。所以,随你们的高兴,
降下你们可怕的威力来吧,
我站在这儿,只是你们的奴隶,
一个可怜的、衰弱的、无力的、遭人贱视的老头子。
可是我仍然要骂你们是卑劣的帮凶,
因为你们滥用上天的威力,
帮两个万恶的女儿来跟我这个白发的老翁作对。
啊!啊!这太卑劣了!

哀号吧

哀号吧,哀号吧,哀号吧,哀号吧!
啊!你们都是些石头一样的人;
要是我有了你们的那些舌头和眼睛,
我要用我的眼泪和哭声震撼苍穹,她是一去不回的了。
一个人死了还是活着,我是知道的;
她已经像泥土一样死去,借一面镜子给我;
要是她的气息还能够在镜面上呵起一层薄雾,
那么她还没有死。

吹吧,风

吹吧,风啊!胀破了你的脸颊,猛烈地吹吧!
你,瀑布一样的倾盆大雨,尽管倒泻下来,
浸没了我们的尖塔,淹沉了屋顶上的风标!
你,思想一样迅速的硫黄的电火,
劈碎橡树的巨雷的先驱,
烧焦了我的白发的头颅吧!
你,震撼一切的霹雳啊,
把这生殖繁密的、饱满的地球击平了吧!
打碎造物的模型,
不要让一颗忘恩负义的人类的种子遗留在世上!

我爱你是不可以数量计算的

父亲，我对您的爱，不是言语所能表达的，
我爱您胜过自己的眼睛、整个的空间和广大的自由，
超越一切可以估价的贵重稀有的事物，
不亚于赋有淑德、健康、美貌和荣誉的生命。
不曾有一个儿女这样爱过他的父亲，也不曾有一个父亲这样被他的儿女所爱，
这一种爱可以使唇舌无能为力，使辩才失去效用，
我爱您是不可以数量计算的。

永远抱着希冀而无所恐惧

与其被人在表面上恭维而背地里鄙弃,
那么还是像这样自己知道为举世所不容的好。
一个最困苦、最微贱、最为命运所屈辱的人,
可以永远抱着希冀而无所恐惧;
从最高的地位上跌下来,那变化是可悲的,
对于穷困的人,命运的转机却能使他欢笑!
那么欢迎你——
跟我拥抱的空虚的气流;
被你刮得狼狈不堪的可怜虫并不少欠你丝毫情分。

chapter 4
致那些事与愿违的爱情

谁也不知道它的性质,

我也不能给它一个名字;

它是一种无名的悲哀,

如同那些事与愿违的爱情。

我要向你们复仇

啊!不要跟我说什么需要不需要;
最卑贱的乞丐,也有他的不值钱的身外之物;
人生除了天然的需要以外,要是没有其他的享受,
那和畜类的生活有什么分别。
你是一位夫人,你穿着这样华丽的衣服,如果你的目的只是为了保持温暖,
那就根本不合你的需要,
因为这种盛装艳饰并不能使你温暖。
可是,讲到真的需要,
那么天啊,给我忍耐吧,我需要忍耐!
神啊,你们看见我在这儿,一个可怜的老头子,
被忧伤和老迈折磨得好苦!
假如是你们鼓动这两个女儿的心,
使她们忤逆她们的父亲,那么请你们不要尽是愚弄我,
叫我默然忍受吧;让我的心里激起了刚强的怒火,
别让妇人所恃为武器的泪点玷污我的男子汉的面颊!

不,你们这两个不孝的妖妇,
我要向你们复仇,
我要做出一些使全世界惊怖的事情来,
虽然我现在还不知道我要怎么做。
你们以为我将要哭泣;
不,我不愿哭泣,
我虽然有充分的哭泣的理由,
可是我宁愿让这颗心碎成万片,
也不愿流下一滴泪来,啊,傻瓜!我要发疯了!

狂风把大地吹下海里

他叫狂风把大地吹下海里,
叫泛滥的波涛吞没了陆地,
使万物都变了样子或归于毁灭;
拉下他的一根根的白发,
让挟着盲目的愤怒的暴风把它们卷得不知去向;
在他渺小的一身之内,
正在进行着一场比暴风雨的冲突更剧烈的斗争。
这样的晚上,被小熊吸干了乳汁的母熊,
也躲着不敢出来,
狮子和饿狼都不愿沾湿它们的毛皮。
他却光秃着头在风雨中狂奔,
把一切托付给不可知的力量。

不管今夜还会发生什么

做君王的不免如此下场,
使我忘却了自己的忧伤。
最大的不幸是独抱牢愁,
任何的欢娱兜不上心头;
倘有了同病相怜的伴侣,
天大痛苦也会解去一半。
国王有的是不孝的逆女,
我自己遭逢无情的严父,
他与我两个人一般遭际!
去吧,汤姆,忍住你的怨气,
你现在蒙着无辜的污名,
总有一日回复你清白之身。
不管今夜还会发生些什么事情,
但愿王上能安然出险!

伟大的神灵

伟大的神灵在我们头顶掀起这场可怕的骚动。
让他们现在找到他们的敌人吧。战栗吧,
你尚未被人发觉、逍遥法外的罪人!
躲起来吧,你杀人的凶手,
你用伪誓欺人的骗子,你道貌岸然的逆伦禽兽!
魂飞魄散吧,你用正直的外表遮掩杀人阴谋的大奸巨恶!
撕下你们包藏祸心的伪装,
显露你们罪恶的原形,
向这些可怕的天吏哀号乞命吧!
我是个并没有犯多大的罪却受了很大的冤屈的人。

智慧和仁义在恶人眼中看来都是恶的

智慧和仁义在恶人眼中看来都是恶的；
下流的人只喜欢下流的事。你们干下了些什么事情？
你们是猛虎，不是女儿，你们干了些什么事啦？
这样一位父亲，这样一位仁慈的老人家，
一头野熊见了他也会俯首帖耳，
你们这些蛮横下贱的女儿，却把他激成了疯狂！
难道我那位贤襟兄竟会让你们这样胡闹吗？
他也是个堂堂汉子，一邦的君主，
又受过他这样的深恩厚德！
要是上天不立刻降下一些明显的灾祸来，
惩罚这种万恶的行为，
那么人类快要像深海的怪物一样自相吞食了。

在这样一个夜里

你以为让这样的狂风暴雨侵袭我们的肌肤,
是一件了不得的苦事,在你看来是这样的。
可是一个人要是身染重病,
他就不会感觉到小小的痛楚。
你见了一头熊就要转身逃走,
可是假如你的背后是汹涌的大海,
你就只好硬着头皮向那头熊迎面走去了。
当我们心绪宁静的时候,
我们的肉体才是敏感的;
我的心灵中的暴风雨已经取去我一切其他的感觉,
只剩下心头的热血在那儿搏动。儿女的忘恩!
这不就像这一只手把食物送进这一张嘴里,
这一张嘴却把这一只手咬了下来吗?
可是我要重重惩罚她们。
不,我不愿再哭泣了。在这样的夜里,
把我关在门外! 尽管倒下来吧,什么大雨我都可以忍受。
在这样的一个夜里!

睁开你们的眼睛来

衣不蔽体的不幸的人们，无论你们在什么地方，
都得忍受着这样无情的暴风雨的袭击，
你们的头上没有片瓦遮身，你们的腹中饥肠雷动，
你们的衣服千疮百孔，怎么抵挡得了这样的气候呢？啊！
我一向太没有想到这种事情了。安享荣华的人们啊，
睁开你们的眼睛来，到外面来体味一下穷人所忍受的苦，
分一些你们享用不了的福泽给他们，
让上天知道你们不是全无心肝的人吧！

无名的悲哀

绝不是什么意念;
意念往往会从某种悲哀中产生;
我的确不是这样,
因为我的悲哀是凭空而来的,
也许我空虚的悲哀有实际的根据,
等时间到了就会传递给我;
谁也不知道它的性质,
我也不能给它一个名字;
它是一种无名的悲哀。

把镜子给我

把镜子给我，我要借着它阅读我自己。
还不曾有深一些的皱纹吗？
悲哀把这许多打击加在我的脸上，
却没有留下深刻的伤痕吗？啊，谄媚的镜子！
正像在我荣盛的时候跟随我的那些人们一样，
你欺骗了我。
这就是每天有一万个人托庇于他的广厦之下的那张脸吗？
这就是像太阳一般使人不敢仰视的那张脸吗？
这就是曾经"赏脸"给许多荒唐的愚行、最后却在波林勃洛克之前黯然失色的那张脸吗？
一道脆弱的光辉闪耀在这脸上，
这脸儿也正像不可恃的荣光一般脆弱，
（以镜猛掷地上）
瞧它经不起用力一掷，就碎成片片了。

聪明人决不袖手闲坐

聪明人决不袖手闲坐,嗟叹他们的不幸;
他们总是立刻起来,防御当前的祸患。
畏惧敌人徒然沮丧了自己的勇气,
也就是削弱自己的力量,增加敌人的声势,
等于让自己的愚蠢攻击自己。
畏惧并不能免于一死,战争的结果大不了也不过一死。
奋战而死,是以死亡摧毁死亡;
畏怯而死,却做了死亡的奴隶。

谁能把一团火握在手里

啊！谁能把一团火握在手里，
想象他是在寒冷的高加索群山之上？
或者空想着一席美味的盛宴，
满足他久饿的枵腹？
或者赤身在严冬的冰雪里打滚，
想象盛暑的骄阳正在当空晒炙？
啊，不！
美满的想象不过使人格外感觉到命运的残酷。
当悲哀的利齿只管咬人，却不能挖出病疮的时候，
伤口的腐烂疼痛最难忍受。

chapter 5

早安，我爱的人

听！听！云雀在天门歌唱，

旭日早在空中高挂，

美丽的万物都已醒来，

早安，我亲爱的人！

鲜花是向你巧笑的美人

凡是日月所照临的所在,
在一个智慧的人看来都是安身的乐土。
你应该用这样的思想宽解你的厄运;
什么都比不上厄运更能磨炼人的德性。
不要以为国王放逐了你,
你应该设想你自己放逐了国王。越是缺少担负悲哀的勇
气,悲哀压在心头越是沉重。
去吧,就算这一次是我叫你出去追寻荣誉,
不是国王把你放逐;
或者你可以假想噬人的疫疠弥漫在我们的空气之中,
你是要逃到一个健康的国土里去。
凡是你的灵魂所珍重宝爱的事物,
你应该想象它们是在你的未来的前途,
不是在你离开的本土;
想象鸣鸟在为你奏着音乐,芳草为你铺起地毯,
鲜花是向你巧笑的美人,你的行步都是愉快的舞蹈;
谁要是能够把悲哀一笑置之,
悲哀也会减弱它的咬人的力量。

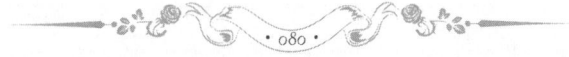

我不能不喜欢它

我不能不喜欢它；
我因为重新站在我的国土之上，
快乐得流下泪来了。
亲爱的大地，虽然叛徒们用他们的铁骑蹂躏你，
我要向你举手致敬；
像一个和她的儿子久别重逢的母亲，
疼爱的眼泪里夹着微笑，
我也是含着泪含着笑和你相会，我的大地，
并且用我至尊的手抚爱着你。
不要供养你的君王的敌人，我的温柔的大地，
不要用你甘美的蔬果滋润他的饕餮的肠胃；
可是让那吮吸你的毒液的蜘蛛和臃肿不灵的蛤蟆挡住他的去路，
螫刺那用僭逆的步伐践踏你的奸人的脚。
为我的敌人们多栽一些刺人的荆棘；
当他们从你的胸前采下一朵鲜花的时候，
请你让一条蜷伏的毒蛇守卫它，
那毒蛇的双叉的舌头也许可以用致命的一触把你君王的敌人杀死。

这音乐使我发疯

嘿,嘿!不要错了拍子。美妙的音乐失去了合度的节奏,听上去是多么可厌!

人们生命中的音乐也正是这样。

我的耳朵能够辨别一根琴弦上的错乱的节奏,

却听不出我的地位和时间已经整个失去了谐和。

我曾经消耗时间,现在时间却在消耗着我;

时间已经使我成为他的计时的钟;

我的每一个思想代表着每一分钟,

它的叹息代替了嘀嗒的声音,

一声声打进我的眼里;

那不断地揩拭着眼泪的我的手指,

正像钟面上的时针,指示着时间的进展;

那叩击我的心灵的沉重的叹息,便是报告时辰的钟声。

这样我用叹息、眼泪和呻吟代表一分钟、一点钟的时间；
可是我的时间在波林勃洛克的得意的欢娱中飞驰过去，
我却像一个钟里的机器人一样站在这儿，
替他无聊地看守着时间。
这音乐使我发疯，不要再奏下去吧，
因为虽然它可以帮助疯人恢复理智，
对于我却似乎能够使头脑清醒的人变成疯狂。
可是祝福那为我奏乐的人！
因为这总是好意的表示，
在这充满着敌意的世上，
好意对于理查是一件珍奇的宝物。

我的死该是多么幸福

这一个君王们的御座,

这一个统于一尊的岛屿,

这一片庄严的大地,

这一个战神的别邸,

这一个新的伊甸——地上的天堂,

这一个造化女神为了防御毒害和战祸的侵入而为她自己造下的堡垒,

这一个英雄豪杰的诞生之地,

这一个小小的世界,

这一个镶嵌在银色的海水之中的宝石,

这一个幸福的国土,

这一个英格兰,

这一个保姆,

这一个繁育着明君贤主的母体,

这一个像救世主的圣墓一样驰名、孕育着这许多伟大的灵魂的国土,

这一个声誉传遍世界,
亲爱又亲爱的国土,
现在却像一幢房屋、一块田地一般出租了——
我要在垂死之际,
宣布这样的事实。
英格兰,它的周遭是为汹涌的怒涛所包围着的,
它的岩石的崖岸击退海神的进攻,
现在却笼罩在耻辱、墨黑的污点和卑劣的契约之中,
那一向征服别人的英格兰,
现在已经可耻地征服了它自己。
啊!要是这耻辱能够随着我的生命同时消失,
我的死该是多么幸福!

一个人的临死遗言

啊!可是人家说,一个人的临死遗言,
就像深沉的音乐一般,
有一种自然吸引注意的力量;
到了奄奄一息的时候,
他的话绝不会白费,
因为真理往往是在痛苦呻吟中说出来的。
一个从此以后不再说话的人,
他的意见总是比那些少年浮华之徒的甘言巧辩更能被人听取。
正像垂暮的斜阳、曲终的余奏和最后一口啜下的美酒留给人们最温馨的回忆一样,
一个人的结局也总是比他生前的一切格外受人注目。

神圣的造化女神

神圣的造化女神啊!
你在这两个王子的身上多么神奇地表现了你自己!
他们是像微风一般温柔,在紫罗兰花下轻轻拂过,
不敢惊动那芬芳的花瓣;
可是他们高贵的血液受到激怒以后,
就会像最粗暴的狂风一般凶猛,
他们的威力可以拔起岭上的松柏,
使它向山谷弯腰。
奇怪的是一种无形的本能居然会在他们身上构成不学而得的尊严,
不教而具的正直,
他们的文雅不是范法他人,
他们的勇敢茁长在他们自己的心中,
就像不曾下过耕耘的功夫,却得到了丰盛的收获一般!

再会吧,国王

谁也不准讲那些安慰的话儿,
让我们谈谈坟墓、蛆虫和墓碑吧;
让我们以泥土为纸,
用我们淋雨的眼睛在大地的胸膛上写下我们的悲哀;
让我们找几个遗产管理人,商议我们的遗嘱——可是这也不必,
因为我们除了把一具尸骸还给大地以外,
还有什么可以遗留给后人的?
我们的土地,我们的生命,一切都是波林勃洛克的,
只有死亡和掩埋我们骨骼的一抔黄土,
才可以算是属于我们自己的。
为了上帝的缘故,让我们坐在地上,
讲些关于国王们的死亡的悲惨的故事;
有些是被人废黜的,有些是在战场上阵亡的,
有些是被他们所废黜的鬼魂们缠绕着的,
有些是被他们的妻子所毒毙的,
有些是在睡梦中被杀的,全都不得善终;
因为在那围绕着一个凡世的国王头上的这顶空洞的王冠之内,

正是死神驻节的宫廷，这妖魔高坐在里边，
揶揄他的尊严，嘲笑他的荣华，
给他一段短短的呼吸的时间，让他在舞台上露一露脸，
使他君临万民，受尽众人的敬畏，一眨眼就可以置人于死命，
把妄自尊大的思想灌注他的心头，
仿佛这包藏着我们生命的血肉的皮囊，
是一堵不可摧毁的铜墙铁壁一样；
当他这样志得意满的时候，
却不知道他的末日已经临近眼前，
一枚小小的针就可以刺破他的壁垒，
于是再会吧，国王！
戴上你们的帽子；
不要把严肃的敬礼施在一个凡人的身上；
丢开传统的礼貌，仪式的虚文，
因为你们一向都把我认错了；
像你们一样，我也靠着面包生活，我也有欲望，
我也懂得悲哀，我也需要朋友；
既然如此，你们怎么能对我说我是一个国王呢？

醒醒吧,亲爱的美人

听!听!云雀在天门歌唱,
旭日早在空中高挂,
天池的流水淙淙作响,
日神在饮他的骏马;
瞧那万寿菊倦眼慵抬,
睁开它金色的瞳睛:
美丽的万物都已醒来,
醒醒吧,亲爱的美人!
醒醒,醒醒!

狂暴的快乐

这种狂暴的快乐将会产生狂暴的结局,
正像火和火药的亲吻,就在最得意的一刹那烟消云散。
最甜的蜜糖可以使味觉麻木;
不太热烈的爱情才会维持久远;
太快和太慢,结果都不会圆满。

真好的天气

真好的天气!
像我们这样住在低矮的屋宇下的人,
要是深居不出,那才是辜负了天公的厚意。
弯下身子来,孩子们,
这一个洞门教你们怎样崇拜上天,
使你们在清晨的阳光之中,向神圣的造物者鞠躬致敬。
帝王的宫门是高敞的,
即使巨人们也可以高戴他们丑恶的头巾,从里面大踏步走出来,
而无须向太阳敬礼。晨安,你美好的苍天!
我们虽然住在崖窟之中,
却不像那些高楼大厦中的人们那样对你冷淡无情。

啊,海伦

啊,海伦!完美的女神!圣洁的仙子!
我要用什么来比并你的秀眼呢,我的爱人?
水晶是太昏暗了。啊,你的嘴唇,
那吻人的樱桃,瞧上去是多么成熟,多么诱人!
你一举起你那洁白的妙手,
被东风吹着的陶洛斯高山上的积雪,
就显得像乌鸦那么黯黑了。
让我吻一吻那纯白的女王,这幸福的象征吧!

chapter 6
那些爱情,等你聆听

爱情是叹息吹起的一阵烟;

恋人的眼中有它净化了的火星,

恋人的眼泪是它激起的波涛。

它又是最智慧的疯狂,是吃不到的蜜糖。

爱情啊

一切纷杂的思绪、多心的疑虑、
鲁莽的绝望、战栗的恐惧、
酸性的猜忌,
多么快地烟消云散了!
爱情啊!
把你的狂喜节制一下,
不要让你的欢乐溢出界限,让你的情绪越过分寸;
你使我感觉到太多的幸福,请你把它减轻几分吧,
我怕我快要给快乐窒息而死了!

幸福的美丽啊

幸福的美丽啊！
你的眼睛是两颗明星，
你的甜蜜的声音比之小麦青青、山楂蓓蕾的时节送入牧人
耳中的云雀之歌还要动听。
疾病是能染人的，唉！要是美貌也能传染的话，
美丽的赫米娅，我但愿染上你的美丽：
我要用我的耳朵捕获你的声音，
用我的眼睛捕获你的睇视，
用我的舌头捕获你那柔美的旋律。
要是除了狄米特律斯之外，整个世界都是属于我所有，
我愿意把一切捐弃，但求化身为你。

不要因为我的肤色厌恶我

不要因为我的肤色而憎厌我,
我是骄阳的近邻,
我这一身黝黑的制服,便是它的威严的赐予。
给我在终年不见阳光、冰山雪柱的极北找一个最白皙姣好的人来,
让我们刺血察验对您的爱情,
看看究竟是他的血红还是我的血红。
我告诉你,小姐,我这副容貌曾经吓破了勇士的肝胆,
凭着我的爱情起誓,
我们国土里最有声誉的少女也曾为它害过相思。
我不愿变更我的肤色,
除非为了取得您的欢心,
我的温柔的女王!

慈悲不是出于勉强

慈悲不是出于勉强,
它是像甘霖一样从天上降下尘世;
它不但给幸福于受施的人,
也同样给幸福于施与的人;
它有超乎一切的无上威力,
比皇冠更足以显出一个帝王的高贵:
御杖不过象征着俗世的权威,
使人民对于君上的尊严凛然生畏;
慈悲的力量却高出于权力之上,
它深藏在帝王的内心,
是一种属于上帝的德性,
执法的人倘能把慈悲调剂着公道,
人间的权力就和上帝的神力没有差别。

美丽的鲍西娅

美丽的鲍西娅的副本!这是谁的神化之笔,

描画出这样一位绝世的美人?

这双眼睛是在转动吗?

还是因为我的眼球在转动,

所以仿佛它们也在随着转动?她的微启的双唇,

是因为她嘴里吐出来的甘美芳香的气息而分裂的;

唯有这样甘美的气息才能分开这样甜蜜的朋友。

画师在描画她的头发的时候,一定曾经化身为蜘蛛,

织下了这么一个金丝的发网,来诱捉男子们的心;

哪一个男子见了它,

不会比飞蛾投入蛛网还快地陷下网呢?

可是她的眼睛!他怎么能够睁着眼睛把它们画出来呢?

他在画了一只眼睛以后,

我想它的逼人的光芒一定会使他自己目眩神夺,

再也描画不成其余的一只。

可是瞧,我用尽一切赞美的字句,还不能充分形容出这一个画中幻影的美妙;

然而这幻影跟它的实体比较起来,又是多么望尘莫及!

那是一定的道理

那是一定的道理。
谁在席终人散以后，
他的食欲还像初入座时候那么强烈？
哪一匹马在冗长的归途上，
会像它起程时那么长驱疾驰？世间的任何事物，
追求时候的兴致总要比享用时候的兴致浓烈。
一艘新下水的船只扬帆出港的当儿，
多么像一个娇养的少年，
给那轻狂的风儿爱抚搂抱！
可是等到它回来的时候，
船身已遭风日的侵蚀，船帆也变成了百结的破衲，
它又多么像一个落魄的浪子，给那轻狂的风儿肆意欺凌！

世人容易被表面的装饰欺骗

外观往往和事物的本身完全不符,
世人却容易为表面的装饰所欺骗。
在法律上,
哪一件卑鄙邪恶的陈诉,
不可以用娓娓动听的言词掩饰它的罪状?
在宗教上,
哪一桩罪大恶极的过失不可以引经据典,文过饰非,
证明它的确上合天心?
任何彰明昭著的罪恶,
都可以在外表上装出一副道貌岸然的样子。
多少没有胆量的懦夫,
他们的心其实软弱得就像下不去脚的流沙,
他们的肝如果剖出来看一看,
大概比乳汁还要白,
可是他们的颊上却长着天神一样威武的须髯?

人家只看着他们的外表，

也就居然把他们当做英雄一样看待！

再看那些世间所谓美貌吧，

那是完全靠着脂粉装点出来的，

愈是轻浮的女人，所涂的脂粉也愈重；

至于那些随风飘扬像蛇一样的金丝鬈发，

看上去果然漂亮，

不知道却是从坟墓中死人的骷髅上借来的。

所以装饰不过是一道把船只诱进凶涛险浪的怒海中去的陷人的海岸，

又像是遮掩着一个黑丑蛮女的一道美丽的面幕。

总而言之，

它是狡诈的世人用来欺诱智士的似是而非的真理。

倘使做一件事情就跟知道应该做什么一样容易

倘使做一件事情就跟知道应该做什么事情一样容易，

那么小教堂都要变成大礼拜堂，

穷人的草屋都要变成王侯的宫殿了。

一个好的说教师才会遵从他自己的训诲。

我可以教训二十个人，吩咐他们应该做些什么事，

可是要我做这二十个人中间的一个，

履行我自己的教训，我就要敬谢不敏了。

理智可以制定法律来约束感情，

可是热情激动起来，就会把冷酷的法令蔑弃不顾；

年轻人是一头不受拘束的野兔，

会跳过老年人所设立的理智的藩篱。

这种人是不可信任的

你只要看一群不服管束的畜生,
或是那野性未驯的小马,
逞着它们奔放的血气,
乱跳狂奔,高声嘶叫,
倘若偶尔听到一声喇叭,
或是任何乐调,
就会一齐立定,
它们狂野的眼光,因为中了音乐的魅力,
变成温和的注视。
所以诗人会造出俄尔浦斯用音乐感动木石、平息风浪的故
事,因为无论怎样坚硬顽固狂暴的事物,
音乐都可以立刻改变它们的性质。
灵魂里没有音乐,
或是听了甜蜜和谐的乐声而不会感动的人,
都是善于为非作恶、使奸弄诈的。
他们的灵魂像黑夜一样昏沉,
他们的感情像鬼蜮一样幽暗;
这种人是不可信任的。

这就是爱情的错误

唉!这就是爱情的错误,
我自己已经有太多的忧愁重压在我的心头,
你对我表示的同情,
徒然使我在太多的忧愁之上再加上一重忧愁。
爱情是叹息吹起的一阵烟;
恋人的眼中有它净化了的火星;
恋人的眼泪是它激起的波涛。
它又是最智慧的疯狂,
哽喉的苦味,吃不到嘴的蜜糖。

只要不嫁给帕里斯

啊！只要不嫁给帕里斯，
你可以叫我从那边塔顶的雉堞上跳下来；
你可以叫我在盗贼出没、毒蛇潜迹的路上匍匐行走；
把我和咆哮的怒熊锁禁在一起；
或者在夜间把我关在堆积尸骨的地窟里，
用许多陈死的白骨、霉臭的腿胴和失去下颚的焦黄的骷髅
掩盖着我的身体；
或者叫我跑进一座新坟里去，
把我隐匿在死人的殓衾里；
无论什么使我听了战栗的事，
只要可以让我活着对我的爱人做一个纯洁无瑕的妻子，
我都愿意毫不恐惧、毫不迟疑地去做。

chapter 7
唯有爱,能包容一切

有人说云雀曾经和丑恶的蟾蜍交换眼睛,

啊!我但愿它们也交换了声音,

因为那声音使你离开了我的怀抱,

用催醒的晨歌催促你登程。

今晚才遇见绝世的佳人

啊！火炬远不及她的明亮；
她皎然悬在暮天的颊上，
像黑奴耳边璀璨的珠环；
她是天上明珠降落人间！
瞧她随着女伴进退周旋，
像鸦群中一头白鸽蹁跹。
我要等舞阑后追随左右，
握一握她那纤纤的素手。
我从前的恋爱是假非真，
今晚才遇见绝世的佳人！

年轻人的爱情

圣芳济啊！多么快的变化！
难道你所深爱着的罗瑟琳，就这样一下子被你抛弃了吗？
这样看来，年轻人的爱情，
都是见异思迁，不是发于真心的。
耶稣，马利亚！你为了罗瑟琳的缘故，
曾经用多少的眼泪洗过你消瘦的面庞！
为了替无味的爱情添加一点辛酸的味道，
曾经浪费掉多少的咸水！
太阳还没有扫清你吐向苍穹的怨气，
我这龙钟的耳朵里还留着你往日的呻吟！
瞧！就在你自己的颊上，
还剩着一丝不曾揩去的旧时的泪痕。
要是你不曾变了一个人，这些悲哀都是你真实的情感，
那么你是罗瑟琳的，这些悲哀也是为罗瑟琳而发的；
难道你现在已经变心了吗？
男人既然这样没有恒心，那就莫怪女人家朝三暮四了。

来吧,你黑夜中的白昼

快快跑过去吧,
踏着火云的骏马,把太阳拖回到它的安息的所在;
但愿驾车的法厄同鞭策你们飞驰到西方,
让阴沉的暮夜赶快降临。
展开你密密的帷幕吧,成全恋爱的黑夜!
遮住夜行人的眼睛,让罗密欧悄悄地投入我的怀里,
不被人家看见也不被人家谈论!
恋人们可以在他们自身美貌的光辉里互相缱绻;
即使恋爱是盲目的,
那也正好和黑夜相称。来吧,温文的夜,
你朴素的黑衣妇人,
教会我怎样在一场全胜的赌博中失败,
把各人纯洁的童贞互为赌注。
用你黑色的罩巾遮住我脸上羞怯的红潮,
等我深藏内心的爱情慢慢地胆大起来,
不再因为在行动上流露真情而惭愧。
来吧,黑夜!来吧,罗密欧!来吧,你黑夜中的白昼!
因为你将要睡在黑夜的翼上,

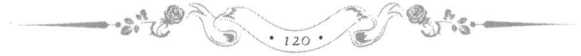

比乌鸦背上的新雪还要皎白。
来吧,柔和的黑夜!
来吧,可爱的黑颜色的夜,
把我的罗密欧给我!
等他死了以后,
你再把他带去,分散成无数的星星,
把天空装饰得如此美丽,
使全世界都恋爱着黑夜,
不再崇拜炫目的太阳。
啊!我已经买下了一所恋爱的华厦,
可是它还不曾属我所有;虽然我已经把自己出卖,
可是还没有被买主领去。这日子长得真叫人厌烦,
正像一个做好了新衣服的小孩,
在节日的前夜焦躁地等着天明一样。

天使般的魔鬼

啊,花一样的面庞里藏着蛇一样的心!
那一条恶龙曾经栖息在这样清雅的洞府里?
美丽的暴君!天使般的魔鬼!
披着白鸽羽毛的乌鸦!豺狼一样残忍的羔羊!
圣洁的外表包覆着丑恶的实质!
你的内心刚巧和你的形状相反,
一个万恶的圣人,一个庄严的奸徒!造物主啊!
你为什么要从地狱里提出这一个恶魔的灵魂,
把它安放在这样可爱的一座肉体的天堂里?
哪一本邪恶的书籍曾经装订得这样美观?
啊!谁想得到这样一座富丽的宫殿里,
会容纳着欺人的虚伪!

奇怪的梦中

要是梦寐中的幻景果然可以代表真实，
那么我的梦预兆着将有好消息到来；
我觉得心君宁恬，
整日里有一种向来所没有的精神，
用快乐的思想把我从地面上飘扬起来。
我梦见我的爱人来看见我死了——
奇怪的梦，一个死人也会思想！
她吻着我，把生命吐进了我的嘴唇里，
于是我复活了，并且成为一个君王。
唉！仅仅是爱的影子，已经给人这样丰富的欢乐，
要是能占有爱的本身，那该有多么甜蜜！

就是她

她是精灵们的稳婆；
她的身体只有郡吏手指上一颗玛瑙那么大；
几匹蚂蚁大小的细马替她拖着车子，
越过酣睡的人们的鼻梁，
她的车辐是用蜘蛛的长脚做成的；
车篷是蚱蜢的翅膀；
挽索是小蜘蛛丝，颈带如水的月光；
马鞭是蟋蟀的骨头，缰绳是天际的游丝。
替她驾车的是一只小小的灰色的蚊虫，
它的大小还不及从一个贪婪的指尖上挑出来的懒虫的一半。
她的车子是野蚕用一个榛子的空壳替她造成，
它们从古以来，就是精灵们的车匠。
她每夜驱着这样的车子，
穿过情人们的脑中，他们就会在梦里谈情说爱；
经过官员们的膝上，他们就会在梦里打躬作揖；
经过律师们的手指，他们就会在梦里伸手讨讼费；
经过娘儿们的嘴唇，她们就会在梦里跟人家接吻，
可是因为春梦婆讨厌她们嘴里吐出来的糖果的气息，

往往罚她们满嘴长着水泡。

有时奔驰过廷臣的鼻子，

他就会在梦里寻找好差事；

有时她从捐献给教会的猪身上拨下它的尾巴来，

撩拨着一个牧师的鼻孔，

他就会梦见自己又领到一份俸禄；

有时她绕过一个兵士的颈项，

他就会梦见杀敌人的头，

进攻，埋伏，锐利的剑锋，淋漓的痛饮——

忽然被耳边的鼓声惊醒，

咒骂了几句，又翻了个身睡去了。

就是这一个春梦婆在夜里把马鬣打成了辫子，

把懒女人的醒醒的乱发烘成一处处胶粘的硬块，

倘若把它们梳通了，就要遭逢祸事；

就是这个婆子在人家女孩子们仰面睡觉的时候，

压在她们的身上，教会她们怎样养儿子；

就是她——

趁太阳还没有睁开火眼

黎明笑向着含愠的残宵,
金鳞浮上了东方的天梢;
看赤轮驱走了片片乌云,
像一群醉汉向四处狼奔。
趁太阳还没有睁开火眼,
晒干深夜里的涔涔露点,
我待要采摘下满篋盈筐,
毒草灵葩充实我的青囊。
大地是生化万类的慈母,
她又是掩藏群生的坟墓,
试看她无所不载的胸怀,
哺乳着多少的姹女婴孩!
天生下的万物没有弃掷,
什么都有它各自的特色,
石块的冥顽,草木的无知,
都含着玄妙的造化生机。

莫看那蠢蠢的恶木莠蔓，
对世间都有它特殊贡献；
即使最纯良的美谷嘉禾，
用得失当也会害性戕躯。
美德的误用会变成罪过，
罪恶有时反会造成善果。
这一朵有毒的弱蕊纤苞，
也会把淹煎的痼疾医疗；
它的香味可以祛除百病，
吃下腹中却会昏迷不醒。
草木和人心并没有不同，
各自有善意和恶念争雄；
恶的势力倘若占了上风，
死便会蛀蚀进它的心中。

起来吧,美丽的太阳

轻声!那边窗子里亮起来的是什么光?
那就是东方,朱丽叶就是太阳!
起来吧,美丽的太阳!
赶走那妒忌的月亮,
她因为她的女弟子比她美得多,
已经气得面色惨白了。
既然她这样妒忌着你,你不要忠于她吧;
脱下她给你的这一身惨绿色的贞女的道服,
它是只配给愚人穿的。
那是我的意中人,啊!
那是我的爱;
唉,但愿她知道我在爱着她!
她欲言又止,
可是她的眼睛已经道出了她的心事,待我去回答她吧;
不,我不要太鲁莽,她不是对我说话。

天上两颗最灿烂的星,

因为有事,他去请求她的眼睛替代它们在空中闪耀。

要是她的眼睛变成了天上的星,

天上的星变成了她的眼睛,那便怎样呢?

她脸上的光辉会掩盖了星星的明亮,

正像灯光在朝阳下黯然失色一样;

在天上的她的眼睛,会在太空中大放光明,

使鸟儿误认为黑夜已经过去而唱出它们的歌声。

瞧!她用纤手托住了脸,那姿态是多么美妙!

啊,但愿我是那一只手上的手套,

好让我亲一亲她脸上的香泽!

为什么你要怨恨自己的生不逢辰

为什么你要怨恨天地,怨恨你自己的生不逢辰?

天地好容易生下你这一个人来,

你却要亲手把你自己摧毁!

呸!呸!你有的是一副堂堂的七尺之躯,

有的是热情和智慧,

你却不知道把它们好好利用,

这岂不是辜负了你的七尺之躯,辜负了你的热情和智慧?

你的堂堂的仪表不过是一尊蜡像,

没有一点男子汉的血气;

你的山盟海誓都是些空虚的谎语,

杀害你所发誓珍爱的情人;

你的智慧不知道指示你的行动,驾驭你的感情,

它已经变成了愚妄的谬见,

正像装在一个笨拙的兵士的枪膛里的火药,

本来是自卫的武器,因为不懂得点燃的方法,

反而毁损了自己的肢体。

我感觉到的爱情

唉！想不到爱神蒙着眼睛，
却会一直闯进人们的心灵！
我们在什么地方吃饭？
哎哟！又是谁在这儿打过架了？
可是不必告诉我，我早就知道了。
这些都是怨恨造成的后果，
可是爱情的力量比它要大过许多。
啊，吵吵闹闹的相爱，亲亲热热的怨恨！
啊，无中生有的一切！
啊，沉重的轻浮，严肃的狂妄，
整齐的混乱，铅铸的羽毛，光明的烟雾，
寒冷的火焰，憔悴的健康，
永远觉醒的睡眠，否定的存在！
我感觉到的爱情正是这么一种东西，
可是我并不喜爱这一种爱情。

chapter 8
爱即永恒

人生不过是一个行走的影子，

一个在舞台上指手画脚的拙劣的伶人，

它是一个愚人所讲的故事，充满着喧哗和骚动，

爱，才是它的意义。

那是夜莺的歌声

你现在就要走了吗？天亮还有一会儿呢！
那刺进你惊恐的耳膜中的，
不是云雀，是夜莺的声音；
它每天晚上在那石榴树上歌唱。
相信我，爱人，那是夜莺的歌声。
那是报晓的云雀，
不是夜莺。瞧，爱人，
不作美的晨曦已经在东天的云朵上镶起了金线，
夜晚的星光已经烧尽，
愉快的白昼蹑足踏上了迷雾的山巅。
我必须到别处去找寻生路，或者留在这儿束手等死。
那光明不是晨曦，我知道；
那是从太阳中吐射出来的流星，
要在今夜替你拿着火炬，
照亮你到曼多亚去。
所以你不必急着要去，再耽搁一会儿吧。
让我被他们捉住，让我被他们处死；
只要是你的意思，我就毫无怨恨。

我愿意说那边灰白色的云彩不是黎明睁开它的睡眼，

那不过是从月亮的眉宇间反映出来的微光；

那响彻云霄的歌声，

也不是出于云雀的喉中。

我巴不得留在这里，永远不要离开。

来吧，死，我欢迎你！因为这是朱丽叶的意思。

怎么，我的灵魂？让我们谈谈，天还没有亮哩！

天已经亮了，天已经亮了；快走吧，快走吧！

那唱得这样刺耳、嘶着粗涩的噪声和讨厌的锐音的，

正是天际的云雀。

有人说云雀会发出千变万化的甜蜜的歌声，

这句话一点不对，因为它只使我们彼此分离；

有人说云雀曾经和丑恶的蟾蜍交换眼睛，

啊！我但愿它们也交换了声音，

因为那声音使你离开了我的怀抱，

用催醒的晨歌催促你登程。

啊！现在你快走吧，天越来越亮了。

天越来越亮，我们悲哀的心却越来越黑暗。

啊，我的胸膛

不，这样的人是不该让他留在人世的。
啊，多难的国家，
一个篡位的暴君握着染血的御枚高踞在王座上，
你的最合法的嗣君又亲口吐露了他是这样一个可诅咒的
人，辱没了他的高贵的血统，
那么你几时才能重见天日呢？
你的父王是一个最圣明的君主；
生养你的母后每天都想到人生难免的死亡，
她朝夕都在屈膝跪求上天的垂怜。再会！
你自己供认的这些罪恶，
已经把我从苏格兰放逐。啊，我的胸膛，
你的希望永远在这儿埋葬了！

别人敢做的事我都敢

别人敢做的事,我都敢:
无论你用什么形状出现,像粗暴的俄罗斯大熊也好,
像披甲的犀牛、舞爪的猛虎也好,
只要不是你现在的样子,
我的坚定的神经决不会起半分战栗;
或者你现在死而复活,
用你的剑向我挑战,
要是我会惊惶胆怯,
那么你就可以宣称我是一个少女怀抱中的婴孩。
去,可怕的影子!
虚妄的揶揄,去!

从这一刻起

难道你把自己沉浸在里面的那种希望,
只是醉后的妄想吗?
它现在从一场睡梦中醒来,因为追悔自己的孟浪,
而吓得脸色这样苍白吗?
从这一刻起,
我要把你的爱情看作同样靠不住的东西。
你不敢让你在行为和勇气上跟你的欲望一致吗?
你宁愿像一只畏首畏尾的猫儿,
顾全你所认为的生命的装饰品的名誉,
不惜让你在自己眼中成为一个懦夫,
让"我不敢"永远跟随在"我想要"的后面吗?

生命的美酒已经喝完

要是我在这件变故发生以前一小时死去,
我就可以说是活过了一段幸福的时间;
因为从这一刻起,人生已经失去它严肃的意义,
一切都不过是儿戏;
荣名和美德已经死了,
生命的美酒已经喝完,
剩下来的只是一些无味的渣滓,当做酒窖里的珍宝。

愿上天给他们安息

我要拿出男子汉的气概来;
可是我不能抹杀我的人类的感情。
我怎么能够把我所最珍爱的人置之度外,
不去想念他们呢?
难道上天看见这一幕惨剧而不对他们抱同情吗?
罪恶深重的麦克德夫!
他们都是为了你而死于非命的。我真该死,
他们没有一点罪过,只是因为我自己不好,
无情的屠戮才会降临到他们的身上。
愿上天给他们安息!

来吧,阴沉的黑夜

来,注视着人类恶念的魔鬼们!
解除我的女性的柔弱,
用最凶恶的残忍自顶至踵贯注在我的全身;
凝结我的血液,
不要让怜悯钻进我的心头,
不要让天性中的恻隐摇动我的狠毒的决意!
来,你们这些杀人的助手,
你们无形的躯体散满在空间,到处找寻为非作恶的机会,
进入我的妇人的胸中,
把我的乳水当做胆汁吧!
来,阴沉的黑夜,
用最昏暗的地狱中的浓烟罩住你自己,
让我的锐利的刀瞧不见它自己切开的伤口,
让青天不能从黑暗的重衾里探出头来,
高喊"住手,住手!"

可怜的祖国

唉！可怜的祖国！
它简直不敢认识它自己。
它不能再称为我们的母亲，只是我们的坟墓；
在那边，除了浑浑噩噩、一无所知的人以外，
谁的脸上也不曾有过一丝笑容；
叹息、呻吟、震撼天空的呼号，都是日常听惯的声音，
不能再引起人们的注意；
剧烈的悲哀变成一般的风气；
丧钟敲响的时候，
谁也不再关心它是为谁而鸣；
善良人的生命往往在他们帽上的花朵还没有枯萎以前化为朝露。

人生不过是一个行走的影子

明天，明天，再一个明天，
一天接着一天地蹑步前进，
直到最后一秒钟的时间；
我们所有的昨天，
不过替傻子们照亮了到死亡的土壤中去的路。
熄灭了吧，熄灭了吧，短促的烛光！
人生不过是一个行走的影子，
一个在舞台上指手画脚的拙劣的伶人，
登场片刻，就在无声无息中悄然退下；
它是一个愚人所讲的故事，充满着喧哗和骚动，
却找不到一点意义。

我必须请您原谅

在尊严的王命之下，
忠实仁善的人也许不得不背着天良行事。
可是我必须请您原谅；
您的忠诚的人格决不会因为我用小人之心去测度它而发生变化；
最光明的天使也许会堕落，可是天使总是光明的；
虽然小人全都貌似忠良，
可是忠良的一定仍然不失他的本色。

chapter 9
与世界温暖相拥

我不惊叹百合的洁白，

也不艳羡玫瑰的红艳；

除了芳香，它们只是悦目的模拟，

而你，才是它们作为典范的真身。

莎士比亚十四行诗

一

天生之尤物应多多繁衍，
以使美丽的玫瑰永不凋残。
盛开的花终有凋零的日子，
而他的后嗣可以将其记忆延续；
可是你啊，只专注于自己明亮的眼睛，
宁肯用自己做燃料也要喂饱眼中的欲焰，
与自己为敌，你把丰饶的田野变成荒原。
对待娇弱的自己，你是那么残忍。
你是天地间一朵清丽的奇葩，
你是锦绣春色里唯一的使者，
却为何要把精华埋葬在自己的嫩蕊中？
娇柔的悭吝人啊，越是算计，则浪费越多。
怜惜这个世界吧！要不然，贪婪的人儿，
你和墓冢，将成为吞噬世间报偿的鱼腹。

二

四十个严冬威逼你的容颜,

将你明媚的园圃刻上深深的沟坎。

你青春骄人的华装,此刻吸引着多少人的目光,

有朝一日,它飘零为败絮,又有谁肯来观看?

到时若有人问起:你的美貌去了何方?

青春韶华的瑰宝又在何处?

你说,在我深陷的眼眶里,

是贪婪的羞耻和对挥霍的颂扬。

善用你的美,你会配得上更多的赞赏,

假若你的回答能够这样:"我这美丽的孩子,

他将是我一生的总结,请宽恕我的老迈。"

证实他的美貌,也证实你的美貌在同一个血统里流传!

这就如同垂老的暮年获得了新生,

又好似冷却了的血液回复了温暖。

三

照照镜子，告诉那里面的脸庞，
现在是该把你复制的时刻。
你如果不重新把她修复，
就是欺骗世界，剥夺母亲的幸福。
女人哪会如此娴静，
去拒绝你开垦她的处女之身？
男人哪有这么愚笨，
断绝血脉甘做自己的坟墓？
你是母亲的镜子，从你身上，
唤回她那青春四月的芳菲。
当你皱纹布满额头，从暮年的窗子
向外眺望，便能看到自己的金色华年。
你若活着，却不愿被人记起，
那就独自死去，同你的肖像一起。

四

华艳的人儿,为何你要把那份
美的遗产,在自己身上消耗殆尽?
除了生命,造化不会赐予任何东西,
他的慷慨也只是针对那些宽宏大量之人。
美丽的悭吝人,为何你要滥用
那份让你转交给别人的厚礼?
蹩脚的高利贷者,为何你使用
高额的款项,仍旧不能好好生活?
因为你只跟自己做生意,
也只能去欺骗娇柔的自己。
有朝一日,造物主把你召回,
你该如何交代你的那笔账目?
不曾用过的美貌将随你共进坟墓,
但若善加利用,新的生命就会替你执行遗嘱。

五

时光啊,你曾用精巧的工艺造就
众人瞩目的可爱容颜,对同一张脸庞,
你终将露出狰狞的面孔。
让天姿国色沦为残花败絮。
永不停息的时光把夏季带到
凄厉的寒冬,并将他摧毁。
鲜活的树液被冻结,繁茂的绿叶被摧落,
美貌被冰雪所掩埋,满目一片荒凉。
倘若当时未曾提炼夏之精华,
把它凝成香露锁进玻璃瓶,
美与美的芬芳就会一起消逝,
再不会有人将它们忆起。
提炼过的鲜花,纵然经历寒冬,
流失的只是颜色,那馨香仍永留人间。

六

别让寒冬粗暴的手去蹂躏
你的夏天,在你提炼之前。
熏香瓶子,趁你的珍宝尚未消散,
将你的美丽珍藏在一个地方。
既然能使甘愿付息的人得到幸福,
这种借贷就并非违禁取利。
也就是说,你应该生育一个自己,
或是以一生十,来获取十倍的幸福,
就是十倍于现在的幸福。
倘若十个孩子都与你相像:
你的生命延续在你的后代中,
纵使你与世长辞,死神又能拿你怎样?
别再固执己见,既然你如此美丽,
又何必让死神征服,让蛆虫做后裔。

七

看，那普照万物的朝阳从东方
仰起他那炽热的头，凡尘的视线
都景仰着这初生的景象，
用目光恭候着他神圣的车辇。
他登临巍巍苍穹的顶峰，
恰似青年风华正茂，雄姿英发，
芸芸众生依旧膜拜他的峥嵘，
紧紧追随他金光万丈的朝圣之行。
但当他从山巅拖着疲惫的车轮，
像虚弱的老叟，颤巍巍地离开白昼，
众人便随同他下沉的足迹，
移开了那原本恭顺的视线。
同样，你那光彩照人的韶华也会转瞬即逝，
你将孤寂地死去，除非你有一个孩子。

八

音乐声声,为什么你的音乐总会如此伤感?
甜与蜜不相克,欢与乐总交融。
为什么要去爱那些令你不高兴的东西?
或者去接受那些烦恼?
和谐悦耳的声音如此美妙,
入耳之后却仍勾起你无尽的烦恼。
那便是它们在柔声地责怪你,
不该用独奏来窒息生命合奏的乐章。
看这一根弦,是另一根的亲密爱人,
它们是怎样呼应震荡,彼此和鸣?
宛如丈夫、儿子和欢悦的母亲,
共同唱响一首美妙的歌曲。
无言的曲调,不约而同地为你
唱着同一首歌:"如若你孤身一人,便将一事无成。"

九

是否因害怕湿了寡妇的眼睛,
你才独自幽居,消磨生命?
啊!如果你没有留下后代就死去,
世界将会哀悼你,像丧偶的妻。
世界将是你的遗孀,为你伤心,
因为你没给它留下你的容貌。
当真正的寡妇看着自己孩子们的眼睛,
她们脑海中会清晰地闪现丈夫的身影。
看啊,浪子在世间挥金如土,
钱财只是换了主人,世人仍可享用。
而美貌在世上一旦耗完,便一去不返,
存而不用,无异于暴殄天物,任其腐朽。
这样的心怎么会对别人有爱?
哪怕是自己,他都忍心来戕害!

十

羞愧吧！你对自己都漠不关心，
又何必否认你不会爱上任何人！
本是如此，随你吧。许多人对你钟情，
可是显然地，你对谁都未曾动心。
怨愤仇恨把你纠缠侵袭，
使你对自己毫不怜惜。
你费尽心机想要摧毁的殿宇，
本应是你精心卫护的圣地。
噢，回心吧，让我也好转意！
恨的居所难道要比爱的殿堂美丽？
娴雅温柔一些吧，一如你的美貌。
或至少对自己多一点点关爱仁慈：
再造一个自己吧，如果你爱我，
那美将在你或孩子身上永远存活。

十一

你匆匆老去,

你的孩子也匆匆成长起来;

你青春时浇灌的新鲜血液,

当你年老时仍辉映着你年少的倩影。

这里生活着智慧、美丽与繁盛,

否则便只剩腐朽、衰老和愚蠢:

人人都这么想,时光将走到尽头,

六十年的光阴足以让世界化为乌有。

粗鲁、丑陋、笨拙之徒,只能接受

造化安排的无后而终的噩运。

看,上天的至宠,得到的馈赠也最丰厚。

你何不把这恩赐好好利用:

造物主把你雕刻成她的御印,

你的使命便是多多复印,而非让印章损毁。

十二

我计数着时钟上滴答而逝的时间，
眼见明媚的白昼进入狰狞的黑夜；
我凝望花期已过的紫罗兰，
她那青丝卷蕊已白雪斑斑；
我看着参天巨树繁叶尽落，
他不久前还曾荫蔽着羊群。
夏日的青翠被一束束扎捆，
带着微颤的白须被人安魂。
推及你的美貌，我忧虑怀疑。
她终有一天会被抛入时光的废墟，
因为美和芳菲会把自己抛弃，
眼看着别人成长，自己却枯萎老去。
没有什么能抗拒时光的巨手，
除了生儿育女，趁你尚未被捉走。

十三

噢,愿你永远是你自己!但是,我的爱啊,
你只要活在尘世,终究逃不脱既定的寿命:
对这末日的来临你要早做准备,
把你的美貌交给另一个人来延续。
这样才能使你租赁来的美丽容颜
永不消匿:到时你离开人间,
你又将归返为你自己,
你的儿女保存着你优雅的形体。
谁会忍心让如此美丽的大厦倾颓?
如果精心呵护照料,便可以
去抵抗隆冬肆虐的狂风暴雨,
去经受漫长冬日的死寂。
啊,除非你是浪子!我的最爱,你可明白,
你有父亲:也让你的儿子这样自豪地说吧。

十四

我的判断并非采集于星辰,
因为我认为自己通晓占星之术,
但不是为了预言命运的通蹇、
瘟疫、灾荒,或四季的吉凶变迁。
我不会为人卜算流年,
指点他运程中的风雷雨雪,
或为王子皇孙推测时运,
凭借我从上帝那里探得的天机。
而从你眼中,我领略了奥秘,
从你的明眸里,我获得了天启:
至真与至美将共同闪耀留传,
只要你肯把后嗣繁衍。
否则我也只能如此对你昭示:
你的末日也正是真与美消亡之时。

十五

我琢磨着所有成长着的东西,
它们都只有那么短的全盛时期,
这巨大舞台上演的只是一幕幕的戏,
早已被上苍的星宿安排完毕。
当我看到人和草木一样生长繁衍,
任凭同一个老天将他们鼓励阻拦。
青春时蓬蓬勃勃,全盛时又该走向凋落,
繁华和璀璨都将从记忆中消散。
我于是对这无常的世界浮想联翩,
你的青春妙龄便在我的眼前闪现。
无情的时光在与腐朽争辩,
如何用污浊的黑夜换取你青春靓丽的容颜。
为了对你的爱,我会全力与时间争战,
他要摧毁你,我却要把你的青春再现。

十六

你为何不用更有力的方式,
来挑战这血腥的暴君——时间?
你为何不用比我的诗更为神圣的武器,
来抵御你的老迈衰枯?
你如今正处于金色年华的顶峰,
那许多未被开垦的处女地,
贞洁地企盼着你把鲜花来播种,
孕育出的花朵比画像更似你的真容:
只有生命之线才能将生命绵绵延传,
我笨拙的墨迹和时间之笔,
怎能描绘出你秀雅的内心和脱俗的外表?
怎能让你在世人眼前再现?
献出自己,你便能在世上永葆青春,
你必须用你绝妙的天赋,让自己在天地间永存。

十七

后人有谁会相信我的诗行,
假如里面满载着对你美德的颂扬?
毕竟,天知道,它只会像坟墓一样,
把你的生命和你一半的本色掩埋。
如果我能写出你的美目流盼,
用清新的韵律细数你的仪态万千,
将来人们会说:"这诗人简直谎话连篇:
如此国色天姿哪会流落人间!"
于是我的诗稿将被岁月熏黄,
被人讥讽为饶舌老人的信口雌黄。
你的真实容貌将被视为诗人的狂想,
或是一首古老歌曲夸张的翻版:
但你如果有孩子活在那时,
你会拥有两个生命,在孩子身上,也在诗里。

十八

我怎能把你比做夏天，
你比它更可爱，更温婉：
狂风把五月娇嫩的花蕊摧残，
夏季时光匆匆，总是如此短暂：
有时炽热异常，像上天灼烧的眼，
它那金色的面容常飘忽闪现。
再美好的事物也终将凋残，
随时间和自然的变化而流转。
但是你的夏日会永远鲜艳，
你将永远拥有这俊美的容颜。
死神也无法夸口让你在它的阴影里逗留，
当你在这不朽的诗句中永远地生息留守：
只要人类还在呼吸，只要眼睛还在阅读，
我这首诗就会存在，你的生命就会存在。

十九

凶残贪婪的时间啊,磨钝了雄狮的利爪,
迫使大地吞噬掉自己精心创造的生命。
它拔掉猛虎口中锋利的牙齿,
它让永生的凤凰燃烧,血脉殆尽。
你的飞逝让季节或喜或悲,
捷足的时间啊,在这广大的世界上,
天地间一切灵秀让你肆意拨弄玩赏。
但只有这滔天大罪我定要阻止你触犯:
啊,不要把时光刻在我爱人美丽的额头,
也不要,用古老的画笔在那里乱勾乱画。
你的飞逝不要将她损伤,
好把美的典范永留后世。
然而,你尽管猖狂吧,老迈的时间,
我的爱人将在我的诗篇中永葆青春!

二十

你女人般的面容由造物主亲手造就,
美貌的你啊,是我的情妇和情郎。
你的心如女人般柔细温婉,
却未曾染上反复无常的恶习;
你的眼睛比她们的明亮清澈,却不虚伪造作,
流盼之间使万物生辉;
你风采盖世,让众美尽失颜色,
你迷惑了男人的眼神,勾走了女人的灵魂。
造化原本把你塑为女人,
而他兴起陶醉之际,
在你身上误加了一样东西,
对我来说它毫无意义。
既然造物主让你把欢乐给女人,
那就把爱给我,把情欲留给她们。

二一

我和那位缪斯大不相同,
他只会被涂脂抹粉的美女激起诗意,
不惜动用天堂的装饰,
以各样的繁华来堆砌他的美女,
让种种浮夸的比喻云集:
太阳、月亮、海陆瑰宝,
四月初绽的鲜花,浩荡缈远的宇宙,
以及一切蕴藏在它怀中的奇珍异宝。
哦,我真心地爱,那就让我真实地写。
那么,请相信我,我的爱人如此美丽,
尽管她没有天上的金色烛台那么明亮,
你却仍然会像母亲爱孩子一样去爱她。
爱吹嘘的人,你尽管去吹嘘吧!
我不是要出售,又何必要夸张祷颂?

二二

我这镜子不能让我承认年老,
只要青春和你相伴共同流转。
但当你的脸被时间刻上沟痕,
我宁愿以死来补偿我的岁月。
因为那装点了你的美艳的一切,
不过是我内心的一件华丽外衣。
我们的心在对方的胸膛跳动,
那我怎么能够比你提前老去?
啊,我的至爱,千万要珍重自己,
就如同我在为你而把我自己珍惜。
精心呵护着我胸膛中你的这颗心,
像慈母守护着婴儿免遭病魔侵袭。
我若死去你也无法独活;
你已把心给我,又怎能收回?

二三

犹如舞台上笨拙的演员
慌乱中忘了自己的角色,
又好像猛兽暴怒的狂吼
用力过猛反而雄心难展。
同样,我担心疑虑,竟忘记,
表达爱情完整而隆重的典礼。
太深太重的爱情已把我压倒,
我竟然挣扎在其中奄奄一息。
啊!那就让我这无言的诗篇
替我把缠绵的衷曲——倾诉,
为爱辩护,也期待爱的回复
远胜于喋喋不休的雄辩之术。
请耐心读一读我这沉静的爱的情书:
倾听这属于爱的精妙曲目。

二四

我的眼睛扮作画家,
把你的倩影绘在我心上;
我的身体是镶嵌着你的美的画框。
而画家的高超技艺是透视法,
必须透过画家的技巧
发现那珍藏着你真实面容的地方;
她永久悬挂于我内心的画室,
你的眼睛就是画室的玻璃窗。
请看眼睛与眼睛多么会相互帮忙:
我的眼睛画出你的像,
而你的眼睛却帮我打开画室的窗,
从那里,太阳愉悦地瞥见你的画像。
眼睛的艺术毕竟还有缺憾,
能画出外表,却读不懂情感。

二五

尽管让那些吉星高照的人

去四处夸耀他们的高官显爵吧,

这种运气机缘与我无关,

我只倾心独赏心中的喜悦。

帝王的宠臣如同金盏花,

在太阳的眷顾下金叶舒展,

他们的骄傲终会被他们自身掩埋:

帝王蹙额皱眉间他们的荣华便顷刻消散。

一次失手,足以让

百战百胜的名将

从功名册上被永远除名。

一生的勋劳功绩也尽付流水。

幸福如我,爱人且被爱,

既不见异思迁,亦不被人抛弃。

二六

爱的主宰啊,你的美德已经
使我这藩属对你更加拥戴,
我现在让这呈上的诗做我的信使,
他是在履行职责而非卖弄才华;
职责那么重要,我却拙于言辞,
难免会表达空洞,词不达意;
我只希望你灵秀的心思不要嫌它太粗鄙,
但愿你的慧心让我赤裸的语言重生光彩;
无论哪个星辰引我前行,
都会对我露出和悦的笑容,
给我寒微的爱穿上华服,
使我配得上你甜蜜的恩宠:
那时我才敢夸耀我的爱恋;
否则我怎敢接受你的考验。

二七

奔波的劳苦让我急切地上床倒下,
那能让我旅途劳顿的肢体好好歇息,
而思维却开始了新的征程,
身体休息,心却无法停留:
因为我的情思,从那遥远的召唤声中,
满怀热忱地起程赶往你那儿去朝圣;
抬起我这沉沉欲睡的眼睑,
凝望盲人眼前的那片黑暗
我的灵魂凭借那富于幻想的天眼,
在黑暗中将你的倩影呈现,
像夜明珠在阴霾的黑夜高悬,
将苍茫的黑暗化做浩浩白昼。
瞧我这样白日为你奔波,夜晚为你辗转,
为了想你,也为了自己,我乐此不疲。

二八

我怎样才能怡然地归去，
既然身心得不到片刻休息？
白天的负荷夜里得不到休憩，
反而日日夜夜承受着不尽的威逼，
白昼与黑夜虽说彼此为敌，
为了把我折磨，他们却携手共济；
劳苦和抱怨是他们各自的武器，
日夜跋涉却与你越来越远。
为了取悦白昼我告诉他你是光明，
能把阴云密布的天空照得光灿耀眼；
为了讨好黑夜我又故伎重演：
星星如果不眨眼，你会为他耀闪；
但白昼却日日把我的愁苦延长，
黑夜也个个增添我无尽的悲伤。

二九

当我受尽命运的浩劫和世人的白眼,
独自哀伤这飘零的身世,
徒用无益的呼吁惊动那耳聋的苍天,
顾影自怜,诅咒自己的命运,
却羡慕他人前程似锦。
想有他的仪表堂堂,想有他的交友宽广,
羡这人才华横溢,慕那人文采飞扬,
独独自己一无所长;
思来想去几欲把自己看轻,
却猛然间想起了你,
就像破晓时的云雀,从阴霾的大地腾空而起,
展开羽翼高歌于浩瀚的天宇;
思卿至爱,心中便生财富无限,
纵帝王屈尊就我,不与换江山。

三十

当回忆那逝去的往事,
我便走进了甜蜜而静默的公堂,
不禁为许多未达的追求叹息,
旧恨未已,复为蹉跎的岁月哭泣:
干涸的双眼再度泪涌,
为了那幽冥永隔的亲朋,
苦痛早已勾销,哭泣那重又升起的爱,
哀叹世事如烟,一去不返,
我对这些悲痛一一细数,
却是悲痛复悲痛次次加重,
往日那诸多呜呜咽咽的伤心旧账,
仿佛都堆到今天才来付偿。
可是,当我想起你的那一刻,我的挚友,
一切的损失全都收回,所有的悲哀也化为乌有。

三一

本以为那些消逝的早已死去，
原来她们正在你的胸膛欢聚，
那里洋溢着爱，以及爱的一切可爱之处，
还有那我认为已被埋没了的朋友。
虔诚的爱从我眼中
偷走了多少圣洁哀悼的泪珠
去为逝者祭奠！此时我才恍然大悟，
她们离开我只是搬到了你的心里。
你是收藏过往情愫的芳冢，
挂满了我已逝情人的纪念，
她们把我的情意都交给你收藏；
让你能独享许多人应得的爱。
在你身上，我看到了她们的倩影，
而你，她们的总和，尽占我的心。

三二

当死亡这匹夫用黄土把我无憾的骨骸掩埋,
而你尚在人间,
偶然翻出情人生前写给你的
拙劣可怜的诗卷,
拿它们对比时下飘逸的诗篇,
纵然它们笔笔让我羞惭,
但还是要请你把它们保留:但为真爱,
而非那盖世的文采。
哦,那时请赐予我这样的爱之思量:
"我挚友的诗才若能随时间成长,
必能孕育出更为出众的诗魂,
登临于世纪诗坛的至尊宝座。
然而他死去了,别人已跨过了他,向前迈进,
他们的,我读的是文采;你的,我读的是真心。"

三三

曾几何时,我看那初生的朝阳,
以至高无上的目光宠溺着山巅,
金色的脸庞亲吻着青碧的草场,
把黯淡的溪水涂成一片金黄;
然后,蓦然间,任那卑贱的乌云,
携着阴霾驰过他神圣的脸庞,
让孤凄的世界再看不到他的天颜,
悄然向西移去掩埋他的缺点;
我的太阳也曾在一个清晨
用光芒在我额上写下他的欢欣,
但是,唉!容光只是那昙花一现,
乌云顷刻间就把我和他隔断。
我的爱不会因此变得轻贱;
太阳都有瑕疵,何况人间!

三四

为什么你要预示天气晴朗,
诓我不带外衣就出来游览,
让卑贱的乌云中途把我赶上,
用腐臭的云雾遮起你的光芒?
你纵然冲破云层帮我把脸擦干,
又怎能抚慰我心中的积寒?
没有人会来称赞这样的药丹,
只疗外伤而不把心病消减。
你的愧怍也无法将我的伤痛抚平。
你纵然忏悔,也无法把我的损失补偿。
背负着耻辱的十字架,冒犯者的引咎悔忏
对其慰藉的效果微弱得何足一谈!
哎!你的至爱眼中洒下的是明珠,
她们的富丽足够把你的罪孽全赎。

三五

不要再为你冒犯我的行为而悲伤了,
玫瑰花有刺,银色的清泉也会有泥垢;
云和蚀把日月玷污,
可恶的毛虫把芬芳的香蕊侵蛀。
谁人无过,我自己也有错,
用种种比喻把你的罪来开脱,
牺牲我的洁白来洗涤你的罪愆,
赦免你那不可赦免的大过!
我强词夺理为你的败行寻找借口,
充当你辩护人的竟然是你的对手!
我将开始上诉,正式控告我自己,
爱与恨总在我心中相互排挤,
结果我不得已竟成了你的帮凶,
帮你掠夺我自己,你,温柔的小偷!

三六

看来，必须承认我们两个必须分离，
尽管那爱已成为不可分割的整体：
这样，留在我身上的诸多瑕疵，
你不用分担，让我独自承起。
你我相爱全出于至诚一片，
命运把我们恶意隔离，
纵然改变不了爱情的纯真，
却偷去了许多欢聚的佳期。
我再不会高声认你做知己，
害怕我的罪愆让你羞愧不已，
你也不要再当众把我赞美，
除非你甘心让自己的名声受累。
万万别如此，我对你深爱如斯，
你既然为我所有，就要替我把自己的名誉保留。

三七

如同年迈的父亲欢喜地欣赏,
活泼的孩子表演青春的伎俩,
同样,我也受到命运的摧残,
想从你至诚的美德中寻找慰安;
任是美貌、家世、智慧、财产,
或其一,或全部,或更多,
在你身上都完美无憾,
我把爱的枝条嫁接在你丰硕的根株上。
我将不再残缺,不再贫瘠,不再被轻鄙,
仅仅一个幻影就让我如此充实,
令我满足于你的富裕,
并依靠你光荣的一部分安然度日。
我愿人间至善至美都归你所有,
这个心愿让我十倍地无忧。

三八

我的缪斯怎会找不到主题,
既然有你不断给我的诗注入灵感,
只要你还在呼吸。
岂是每张粗俗的稿纸都能再现你至善至美的精魂?
如果我的诗还有一点点值得你去细读,
那就感谢你自己。
既然你给了哑巴创造之光,
写到你时他怎会缺少颂扬?
做第十个缪斯吧,
你将比那古老的九位高明百倍。
如果有谁向你呼吁,你就让他做出
一些流传千古的诗篇。
我卑微的诗神如能取悦世人,
就把痛苦留给我,让赞美都归你。

三九

我怎能不由衷地把你歌颂,
当我全部的精华为你所有?
我为何徒劳地将自己赞誉?
赞美你岂不正是赞美我自己?
正因此故,我俩必须分手,
甜蜜的爱使你丧失了独身的美名,
分离后我便可归还
你本该单独享用的全部赞誉。
离别啊,你将给我多大的伤痛,
莫非,你辛酸的闲暇不能允许
我用甜美的情思来取悦时光,
蜜语把时光和相思蒙混欺骗,
而且你教我如何将人一分为二,
在诗里赞美远方的人儿。

四十

我的爱人啊,把我的爱都带走,都带走;
那时再看你比已有的多些什么。
我的爱人啊,没有真心,怎么称得上真爱?
我的爱早已属于你,纵使在还未加上这个之前。
如果你为了我的爱而接受我的爱,
我不会因你享有它而将你指责;
但得责备你,如果你自欺欺人
去和一个并不相爱的人纠缠。
温柔的小偷啊,我不得不原谅你的掳掠之举,
尽管你把我仅有的一点财富通通夺走;
不过恋爱中的人都知道,
忍受爱的屈辱比承受恨的创伤更痛楚。
你风流妩媚,连你的劣迹也风流妩媚,
我宁愿你辱杀我,也不想我们成为敌仇。

四一

你风流的本性总会犯下一些美丽的荒唐,
只要我不在你的身旁,
你的美貌与青春如此相配,
无论何处,诱惑都会把你追逐。
你高雅温柔,谁不想赢得你的芳心?
你神采风流,谁会禁得住不把你围追?
女人求欢献媚,
又有哪个男人能抗拒而不被她勾引?
唉!你不必总把我的位置占据,
斥责你的青春美貌,
不该诱你惑乱狂迷,
逼你撕毁双重誓约。
她的,因你美貌而诱她失身;
你的,因你美貌而对我失信。

四二

你占有她,并非我所有的悲哀,
然而,我的确对她有深深的爱;
她占有你,那才是我最大的痛苦,
爱情的损失对我的触动更深。
我挚爱的冒犯者啊,我愿这样为你开脱:
你爱她,因为知道我爱她,
她骗我,也是知道我爱她,
那就让我的朋友因我去爱她吧!
失去你,我的失去正是我爱人的收益,
放弃她,我的放弃正是我朋友的获取;
你们各有收获,我却二者尽失,
都因我的缘故,你俩把我折磨:
可这就是快乐;我与朋友原本一体;
甜蜜的奉承话语!毕竟她爱的只是我!

四三

闭上眼睛时我看得最清晰,
因为在白昼它们对一切都熟视无睹;
而当我入睡后,在梦里望着你,
幽幽的火焰,暗夜里径自光明,
你的影子把黑暗照得通亮,
把紧闭的眼睛映得那么辉煌,
你的倩影将形成怎样的美景,
让光耀的白昼更添光彩!
如果在白天也能对你凝望,
我的双目将是多么幸福!
即使在沉寂的黑夜,你那残缺的美丽身影
都能把酣睡中没有视觉的眼睛照亮!
见不到你,白天犹如黑夜,漆黑一片,
梦里看到你,黑夜好似白昼,光明无限。

四四

如果我这笨拙的身体是思想,
残酷的距离就不能把我阻挡;
尽管万水千山,层层阻隔,
我也会被带到你的芳居。
纵然我与你天涯之隔,
对我来说又有何妨?
既然轻灵的思想可以越山渡洋,
心中一念便可到达你所在的地方。
可是,唉!思想毒杀着我,毕竟我不是思想,
在你离去之后,我并不能飞越崇山、跨越海洋;
我只是泥与水合成的钝皮囊,
徒劳地用悲泣叹息服侍时光;
这重浊之物毫无所赐,
只剩眼泪,都是悲伤苦恼的标志。

四五

其他两种,轻柔的风,纯净的火,
无论我在何处,它们都和你在一起;
前者是我的思想,后者是我的欲望,
这些精灵或隐或现,轻盈敏捷。
当这迅捷的精灵带着我
爱的温柔使命去见你,
我的生命,十分已减损了五分,
它不胜忧郁重压,奄奄待毙;
直到两位快捷的使者归来,
生命的结合得以恢复。
此时,它们从你那儿归来
带着你健康平安的消息。
我听完后非常高兴,可这高兴持续不了多久,
我很快又将它们遣回,忧愁又随之袭上心头。

四六

我的心与眼在殊死作战,
为的是怎样分摊你的美貌俊颜;
眼睛一心想把你的形象与我的心隔断,
心儿又不甘让它拥有这份权限。
我的心声称你已在它深处伏潜,
从不曾有明眸把它的宝箱洞穿,
但眼睛却否认心的申辩,
坚持认定你的情影保存在它里面。
为解决这纷繁不清的悬案,
住在心中的思想被邀做陪审团,
思想的判决最终得到了宣布,
明眸和真心各得你的一半:
眼睛享受你的倩影,
心儿拥有你的爱情。

四七

我的眼睛和心缔结盟约,
从今以后要相互帮忙:
当眼睛想看到你时,
或者相思之心快要被叹息窒息时,
眼睛就把我的挚爱的肖像摆上筵席,
邀请心儿去共享这画卷缤纷的盛宴;
下一次,眼睛又成了心的座上客,
分享心的一部分情意缠绵:
这样,或靠你的画像,或靠我的爱恋,
你纵然与我远离,也仍旧和我在一起;
你走不出我的情思,
我跟着情思,情思又跟着你;
它们要是睡了,我眼中你的肖像
将把我的心唤醒,让眼和心一起欢畅。

四八

我上路时是多么小心翼翼,
每件东西,不分巨细,都认真打理,
把它们都保险地锁在箱里,
以免被一些奸诈的手亵渎!
而与你相比,珠宝一文不值,
我最大的安慰,如今是我最大的忧伤,
你,我的至爱至亲,我生命中唯一的挂念,
会流落为每个市井无赖猎取的对象。
我未曾把你锁进任何保险箱,
我这温暖的胸膛,
我感觉到你就在那里,除了你不在的地方,
在那里,你可以自由地出入游荡;
即便是在那里,我仍忧虑着你会被人偷走,
面对你这珍宝,谦谦君子也会成为扒手。

四九

我抗拒那一刻,如果它终将到来,
终究看到你对我的缺点皱起了眉头,
终究让你的爱花完了我最后一文钱,
终究被顾虑催逼着清算账目;
我抗拒那一刻,当你像陌生人一样从我身边走过,
不再用你那太阳般的眼睛向我一瞥,
当爱情不再有以往的那种情意,
便会去编造搜罗种种借口,堂皇而庄重;
我抗拒那一刻,我务必找个地方躲一躲,
躲进自己应得的评判的小屋,
然后举起手,当着众人宣誓,
为你种种合法的理由提供保障:
你有法律的保障,却将抛弃我,
为何爱你,我没有理由。

五十

我拖着如此沉重疲惫的脚步在旅途中跋涉,
一心希求到达目的地,以结束我的倦旅,
而安适与小憩会时时在我耳边响起:
"你离你朋友的距离是千里万里!"
我的坐骑也被我的愁苦压得疲惫不已,
背负着我内心的沉重缓慢前行,
这可怜的小东西好像凭本能感受到
它背上的主人不喜欢快速,不忍心离你而去:
我有时暴怒,竟用马刺踢它的腹,
血淋淋的驱逐也不能让它加速;
它哀鸣一声作为沉重的答复,
撕碎我的心,比我给它的踢打还要痛;
因为,正是这声声哀鸣,勾起了我的痛楚,
欢乐已成为过去,悲伤却铺满旅途。

五一

这样,我的爱就可以原谅这匹慢吞吞的马。
当离你而去时,我不会嫌它走得太慢:
是要离开你,何必如此匆匆?
又不是归来,无须急忙把路赶。
那时,最迅最捷在我眼中仍是拖延,
啊,我的可怜虫怎会得到宽恕?
归来时,纵使你驾风而行,我仍会催促,
风驰电掣我也不会觉得迅速:
没有什么马能赶得上我的情思;
因此我这完美无瑕的爱化作的情欲
会欢跃嘶鸣,如风似雷般飞驰;
然而爱,为了爱,就这样把我的马儿饶恕:
"既然离别你的时候,它有意慢走,
归来时我徒步奔向你,却任它信步闲游。"

五二

我像那富翁,拥有幸运的钥匙,
能帮着他打开富丽的宝藏,
可并不愿时时去开启,
以免磨钝那难得的乐趣。
因此总是那么庄严而少有,
既然漫长的一年难得遇到,
偶或一见,便有如宝石一样珍奇,
又像几颗珍珠在项链上穿起。
时间,也像我的宝箱把你收藏,
或像收藏服装的衣橱,
只在特殊的佳节良辰,
才抖出它幽闭已久的珠华宝光。
幸运如你,集众长于一身,
你在时欢乐便在,你隐时憧憬随生。

五三

你究竟是什么物质所造,
使万千个陌生的影子都追随着你?
每个人都只能有一个影子,
而你一个人却能幻化出千个万个。
为阿都尼画像,结果成了赝品,
那只不过是对你的拙劣模仿。
把一切美的艺术都施展在海伦脸上,
便是你身着希腊装的新公主的肖像。
说起春的明媚、秋的丰饶,
一个把你的容光倩影显示,
一个把你的乐善慷慨写描;
我们都知道,你蕴涵着数不尽的美的天分,
一切外在的优雅妩媚都有你的份儿,
但谁的心也没有你那样坚贞。

五四

噢,若用真诚温馨加以装点,
不知这美还要增加多少倍!
玫瑰花艳丽,但真正使我们倾倒的
却是她那一缕清新的芬芳。
野蔷薇和芳香四溢的玫瑰,
同样的绚烂旖旎,
同样挂在枝头,同样风姿绰约。
当夏的气息吹展她的瓣蕊——
可外表竟是它全部的气韵,
花开寂寞,死也悄然,
芳香的玫瑰却不如此;
用甜蜜的死亡,提炼成可人的馨香;
你也是这样,美丽可爱的青春,
当韶华凋谢,你的真诚由诗来提纯。

五五

云石，或帝王金碧辉煌的墓碑，
都无法与我这雄健的诗篇比寿；
你在这诗篇里永远闪耀的光辉，
将远远超过那积尘不扫的墓碑。
当残酷的战争把雕像推翻，
或暴虐的内讧把城池连根铲除，
然而，任他马尔斯的剑还是战争的火焰，
都抹不掉历史对你的鲜活记忆。
雄视着死亡与湮没一切的仇恨，
你将昂然前行，你的名誉将有所归属，
让你流芳千古，
任海枯石烂，对你的赞誉也不会中断。
这样，你会在最后的审判日再次站起，
你活在诗里，也住在情人眼里。

五六

甜美的爱,振作吧,
不要让你的锋芒比食欲消逝得还快,
尽管今日能够饱餐,
明天却仍会饿得发慌:
爱,你也是这样;纵使今天
满足了你渴求的眼,甚至满溢腻烦,
可到了明天还是想看,
别让长期的枯燥乏味把爱情扼杀,
任这凄凉的间歇像浩瀚的海洋,
把一对情侣活活拆散,
大洋两岸,两人日日隔海遥望,
看到爱的归来,是他们心中最大的企盼;
或者可以称它为冬天,被抑郁塞满,
热切地企盼着夏天的归还。

五七

既然是你的仆人，我还能做些什么，
除了时时奉命，刻刻追随你左右？
直到你让我供你驱遣，我根本没有
宝贵的时间去消磨，也不会无所事事。
我不敢斥责那绵绵无尽的时间，
主人，我为你守候着时辰；
我也不敢想象那令人伤痛的黯然别离，
当你曾经辞退了你的仆人；
我也不敢怀着嫉妒的思虑追问，
你身在何处，又在为何事忙碌。
然而，我像是一个伤心的奴仆，
徒劳地揣测着你与别人相聚时的欢乐。
爱是一个真正的傻瓜，不可救药，
任你胡作妄为，他也认为很美。

五八

让我生而做你奴仆的神不容许我
在思想上控制你享乐的时光,
不允许我干涉你对岁月的恳求,
我是你的仆人,对你的放纵我只有听从!
那就让我忍受吧,默默地承受你的摆弄,
把我监禁在你的自由之外;
耐心而温顺地承受随之而来的痛苦,
对你的伤害我决不埋怨,
无论去哪儿,你都有强大的特权:
随心所欲去支配时间;
而你所犯下的罪愆,
唯有你自己才能赦免。
我只有等待,尽管像地狱一样忍受熬煎,
不责备你的享乐行为,任它是好还是坏。

五九

如果世界上的新鲜事物都曾出现,
那我们的心志岂不已被蒙骗?
煞费苦心地去创造,
孕育出的竟是前次负担的翻版!
噢,但愿时光能够倒流,
尽管太阳运行了五百周,
也请指给我古卷中你的画像,
从心灵第一次写成的字句开始读起!
让我知晓远古的世界
怎样描绘你雍容体态的神奇;
究竟是我们高明,还是他们优秀,
又或者所有的演化都是无谓的重复?
哦,我能确定,诸多前代才子
倾心赞扬的主题远不如你。

六十

如波涛滚滚,拍击堤岸,
我们的光阴匆匆奔向终点;
后浪推前浪,接连不断,
一浪高过一浪,个个都奋勇向前。
新生一旦涌现于光海之中,
攀至繁华,登上极顶,
光彩便被吞没于凶邪的蚀,
以前获取的赠品又被时光撕毁。
时间划破了青春的娇艳,
在美丽的额头刻下岁月的沟坎,
一切的一切都逃不过它巨镰的挥砍。
然而我的诗将傲视千古,跨越时间,
任时光如何残酷,仍能将你的美名流传。

六一

你的倩影啊,是否有意让我睁开
沉重的眼睑,面对这漫漫长夜?
你是否要用影子,撩拨我的视线,
让我辗转反侧,彻夜不眠?
那是否是你遣来的精灵,
远道而来,把我的行为试探,
监察我是否逾越,是否放浪,
充分行使你嫉妒的权限?
不!你的爱,虽宽泛却不深远:
是我的爱让我睁开了双眼,
是我的真情让我夜不成眠,
为你,我一直守候到东方发白:
我为你守候,你却在别处无眠,
远远地离开我,去与别人为伴。

六二

自恋的罪愆蒙蔽了我的眼,
我的整个灵魂,我的全部;
这病已无药可救,
它已在我内心深深扎根。
我深信:没有谁眉目如此俊秀,
身形如此伟岸,胸怀如此纯真。
我自己的优点替我这样估计,
我真是出类拔萃,脱俗超凡。
我揽镜自照,才把真相发现,
往日的娇颜早被岁月剁得稀烂,
这才读懂了与自恋相反的一面:
你如此爱着自己实在是一种罪愆。
歌颂你吧,这是我歌颂自己的心愿。
用你的青春粉饰我老去的容颜。

六三

我的挚爱也会如我一般,
让时光的毒手蹂躏摧残。
当时间吮尽了他的血,
让他的朱颜皱纹斑斑,
当青春年华迈进了崎岖的暮年,
所有的风流俊秀
都将幻灭消散,
岁月偷走了春天的珍宝;
为了迎接那一刻的到来,我现在厉兵秣马
去抵御那残杀美好时光的利刃,
纵使它夺去了我挚爱之人的生命,
也无法将他在我心中的芬芳记忆抹杀。
他的风韵将在这字里行间重现,
墨迹常在,他亦鲜活地永久流传。

六四

我眼见着前代的富丽繁华
被时光的毒手无情地摧残;
当巍巍高塔倾颓为碎瓦,
坚硬的铜像也屈服于它的倾轧;
我眼见那欲壑难填的大海
一步步侵蚀陆上的国土,
而顷刻间沧海又成桑田,
得失互见,彼此交错;
我目睹这一切的纷扰变幻,
或者连兴废枯荣也都消散;
毁灭让我陷入沉思,
时光终究要将我的爱带走。
哦,多么致命的想法!
令我唏嘘,惊悸地占有这脆弱易逝的繁华。

六五

既然青铜、巨石、桑田、沧海，
终将屈服于死亡的暴力，
脆弱娇柔，比花还易逝的美，
如何能抵抗它那肃杀的淫威？
哦，夏日暖阳温馨的气息！
怎能承受一天接一天的狂暴侵袭？
任岩石坚固，铁门强劲，
都将熔化于时光。
哦，令人不寒而栗的思想！
天珍奇宝为何不被纳入时光的宝箱？
怎样的巨臂能挽住这飞逝的光阴？
又有谁能阻止它把美貌掳掠？
哎，没有人！除非我这神奇的力量，
让我的爱在墨香里永放光芒。

六六

厌倦了这一切,我向安宁的死疾呼,
就像眼见天才注定沦为乞丐,
而庸民匹夫却衣冠楚楚,
纯洁的盟誓惨遭背弃,
金冠被可耻地错置,
处女的贞洁遭人玷污,
庄严的正义被无情地中伤唾弃,
猛虎被鄙犬欺辱,
愚蠢装模作样,驾驭着才智,
艺术慑于权威,缄口结舌,
真诚被歪曲成愚笨,
纯善不得不屈从于邪恶:
厌倦了这一切,我想舍弃这人间,
而我这一走,我的挚爱便从此孤单。

六七

他为何要与腐朽同居,
让绰约的风姿遭人亵渎,
以致让罪恶与他为伍,
装扮纯洁以掩人耳目?
骗人的脂粉为何要把他的芳颊遮掩,
竟从他鲜活的神采里窃取死板的容颜?
他本是玫瑰的真身,为何还要
可悲地将美丽找寻,把玫瑰的影子描摹?
既然造化已经破产,他为何还要苟活,
让惨淡的血脉缺乏热血的灌注?
因为他是造化仅有的财富,
造化以他为富,自视丰足。
啊,造化珍藏他,为使寒酸的今天
认识到,她从前曾拥有怎样的繁华。

六八

他的脸颊是以往岁月的图志,
美的兴衰如花谢花开,
那时造假的颜色还未曾出现,
也不敢在活人的脸上装点;
亡者金色的美发属于坟茔,
还未曾有人偷剪,
让它在别人头上重生,
为别人把华贵增添;
昔日的圣洁在他身上得以重现,
素面真容不曾被一丝铅华沾染,
无需别人的青翠做他的夏天,
不用旧人的美装点他的鲜花;
让造化把他做图志来珍藏,
让造假见识往昔美的真相。

六九

你那世人共睹的无瑕容颜,
谁也无法将其增删;
每个人都衷心地赞颂,
赤裸的真理,连仇敌都认同赞叹。
你的风采满载外在的赞扬;
当心灵透穿了你那
凡眼无法看见的可贵内心,
溢美之词立即改变了口吻,
你的美德成了衡量你的标准。
他们深究你美的灵魂,
尽管粗鄙者的眼睛友善,
却将野草的浊臭强加于馨香如花的你:
为什么你的香气赶不上外观?
这样的土壤只能让你平凡地生长。

七十

受人指责,并非你的过失,
因为美丽永远是流言的靶子,
猜忌是美丽的装饰,
犹如乌鸦飞过灿烂晴空。
你只消洁身自爱,谗言便只能
证明你的好,既然时间钟情于你;
因为毒虫最爱那甜美的嫩蕊,
而你正值纯真无邪的青春。
刚刚跨过稚嫩岁月的埋伏,
或未遭侵袭,或已战胜敌手;
可是,对你的赞美并不能
长久地把那妒忌的唇舌封堵:
若没有猜忌把你的光华遮盖,
多少个心灵的王国都将被你独占。

七一

当沉重凄凉的丧钟为我敲起,
无论如何,请不要悲哀。
告诉世界我已经离开,
把这龌龊的世界留给蛆虫做伴:
不,当你读到这诗,请别再记起
那写它的手;因为我如此爱你,
情愿被你遗忘在甜蜜的心里,
如果想起我令你伤心。
啊,如果,我说如果你看到这首诗,
那时我或已化为泥土,
连我这可怜的名字也别提起,
就让你的爱与我的生命同腐。
以免这狡黠的世界洞悉你的哀情,
在我死后把你当做笑柄。

七二

啊，以免这世界逼你招供，
我何德何能，让你在我死后
依然爱我。爱人啊，忘却我吧，
因为我没有一点值得你去提起；
除非你编造美丽的谎言，
把我本来的价值过分颂扬，
把太多的赞誉强加于长眠不起的我，
太多的夸大远远超过了真实：
哦，怕你的真爱会显得虚假，
怕你因为爱我而替我说谎，
把我的名字同我的躯壳一同掩埋，
免得让你让我都遭人羞辱。
因为我为自己带给你的一切而惭愧，
爱上一些不值得的东西，你也应该羞赧。

七三

在我身上,你也许看到秋天的黄叶,
或已谢尽,或三三两两
悬挂在寒峭的枯枝,瑟瑟发抖。
那荒废的舞台,曾经有鸟儿婉转啼唱。
在我身上,你也许看到暮色苍茫,
日落后,渐渐地在西方消沉褪色;
暗夜,死亡的化身,将它
一点点拖走,牢牢封存于寂静。
在我身上,你也许看到这样的火焰,
在青春的灰烬里奄奄一息,
终将魂断灵床,
被滋养过它的烈焰销毁。
看了这些,你的爱将更加浓烈,
因为爱将转瞬离你而去,永无归期。

七四

但还是放心吧：当无情的拘捕者，
毫不宽恕地将我带走，
我生命的些许将在这诗篇里存留，
不朽的纪念，会永久地与你相守。
当你重读这些诗篇，就等于
重读我献给你的至纯的生命：
尘土只能收回它所应得的，
灵魂属于你，你收取的才是我的真身。
所以，你失去的只是生命的渣滓，
我死去的身体只能做蛆虫的饭食，
无赖刀下的怯懦俘虏，
太卑贱的秽物不配被你记起。
躯体的价值在于它的内涵，
那就是此诗，它会与你长存。

七五

你对于我的心,如同食物对于生命,
又像及时的甘霖对于干渴的大地;
为了你的安宁,我的心纷扰不定,
犹如守财奴对于钱财的忧虑,
有时自傲富足,有时又顾忌忧惧,
害怕这惯窃的时代觊觎他的财宝;
我有时觉得与你独处最好,
有时又想把你当众夸耀:
有时秀色饱餐,
可一会儿又饥不可耐,想把你再瞟上两眼;
我不再追求,也不想拥有别的欢乐,
除非来自你那里的施舍。
我就这样日复一日地,或饥或饱,
要么暴食暴饮,要么无粮度日。

七六

我的诗为何缺少新的光彩,
远远赶不上现代多变的风尚?
为什么不效仿现代人,
模拟他们争奇斗艳的笔法?
为什么我的笔法总是千篇一律,
创作的主旨尽是些陈词滥调,
几乎每个字都宣示着我的名字,
泄露着它们的身世来源?
我亲爱的,你要知道啊,我写的总是你,
你与爱情,是我笔下永恒的主题;
我的特长是赋旧词以新意,
重复运用那已经用过的旧题:
如同太阳,日日更新,复又变旧,
我的爱也喋喋不休地吟唱不够。

七七

镜子将告诉你,容颜如何老去,
时钟将提醒你,光阴如何溜走;
书中空白的纸页将记录你的心迹,
教你细细体味下面的箴言:
镜子真实地照出你的皱纹
让你想起那为你敞开的坟;
时针移动的阴影让你看清,
光阴迈向永恒的鬼祟步履。
看啊,凡记忆所不能保存的东西,
都能交给这片荒凉的空地,
在那儿,你将看到精神的稚儿被哺育,
让你重新认识灵魂的本质。
这些日课,你要时时温习,
对你会大有裨益,还能丰富你的生命之书。

七八

我常常把你当做我的缪斯向你祈求,
让我在诗乡获得你圣洁的帮助,
以致陌生的笔都把我效仿,
并以你之名发表诗章。
你的眼睛曾让喑哑的虫儿高鸣天宇,
曾叫沉重的愚钝翱翔长空。
把新羽加给博学的翅膀,
把富丽加给双重的威严。
而我的诗应是你最大的骄傲,
它们的降生全都出于你的感召:
对别人的诗你只是润饰格调,
你的优雅对它们是锦上添花。
但对我,你便是艺术的全部,
提升拙劣的我,达到最高境界。

七九

我曾单独恳求你的帮助,
用我的诗尽抒你的高雅优美;
而现在,我的妙笔奇文竟退化得陈腐不堪,
我病弱的缪斯只能把宝座让给他人。
我的挚爱啊,我承认你这美妙的题材
值得更高超的妙笔去抒写;
不管诗人描写你的文章有多好,
终不过是把对你的掠夺当做他自身的创造。
他用美德形容你,而那字眼却是
从你的行为中窃取;他用美丽描写你,
其实只是从你脸上收集;他的赞颂
没有一句不是源自于你。
因此,不要感激他对你的称赞,
既然他只是把欠你的向你偿还。

八十

哎，提笔写你的时候我那么气馁，
我知道有更杰出的天才在用你的名字，
他们挖空心思把你来称赞，
让我欲言又止，说起你的美誉我只能汗颜！
可是，既然你的价值像大海一样广阔无边，
就能一样地承载扁舟与巨舰；
我简陋的小舟远远不及他的高船，
不能在你烟波浩渺的深海恣意纵横。
你最浅的滩濑便足以让我漂游前行，
他却在寂静苍茫的深处遨游；
倘若倾覆，我不过一叶小舟，不名一文，
而他却金碧辉煌，富丽张扬。
如果他安然抵达，而我却半途倾废，
那么最不幸的是，我的爱将我覆毁。

八一

或是我为你撰写墓志,
或是我先你而去,化为泥土;
死神无法抹去世界对你的记忆,
尽管我的一切都会被人忘却。
你的名字将永世长存,
尽管死亡会令我默默无闻。
大地只给我黄土,
却会把你安置在人们眼中。
我这轻柔的诗便是你的墓碑,
未来会千遍万遍不断吟咏。
你会在后世口中不断传诵,
直到世界上所有的脉搏都停止跳动。
透过我这强劲的笔,你将永远活在
最富生机的地方,在人们的谈论里。

八二

我承认你没有嫁给我的诗神,
因而可以毫无愧色地去纵览
那以圣洁的你为主题的高雅诗句,
对你的赞美,庇佑着每本诗集。
你的智慧和美貌一样出众,
发觉它们远远高出我的赞誉,
因而你不得不去找寻
时代进步的清新写照。
去吧,我的爱人;为了描绘你,
他们华丽的辞藻已然用尽,
你如此真切而优雅的美,
只有你挚友质朴坦诚的话语,才能形容出;
他们浓艳的脂粉,只配拿去染红
贫血的脸颊,对你却是滥用。

八三

我从不觉得你需要涂脂抹粉，
你的美貌本来无须绘饰；
我发觉，或自认为，你胜过
诗人呈给你的无谓诗篇；
因此我在你的诗歌里打盹儿，
好让你自己鲜活地向世人说明，
当今庸俗的诗句多么贫乏，
提起美德，简直在你身上无以复加。
你把沉默视为我的罪愆，
殊不知它正是我最大的荣耀，
因为沉静对你的美并无减损，
别人想给你生命，却反把你埋葬。
你美丽的双眼中蕴含的智慧，
远远多于你那两位诗人给你的赞美。

八四

谁说得透彻？哪一个还能超过
这富丽的赞誉，只有你不是吗？
这里蕴藏着你全部的资产，
若要和你争妍，它便是典范。
那支笔实在贫瘠得可怜，
若它的耕耘不能丝毫增添你的光华；
但写到你时，只要他能够说出
"你就是你！"，就足以令他的故事生辉。
让他照原样如实描写，
别把大自然的清雅弄糟，
这样的模仿将令他名声大噪，
他的文采风格将处处备受景仰。
你将对你美的祝福奉上诅咒，
沉溺于赞美，将把你的赞美变成庸俗。

八五

我缄口的缪斯默默不语,
而当她称赞起你的美,却滔滔不绝,
用金笔刻下炫目的文字,
和所有艺术之神搜集推敲过的隽语。
我开启美好的思想,他们动用美好的文字,
像不识字的牧师不停地咏诵"阿门",
应和着神灵的每一个音韵,
熔铸成一首首赞美的歌调。
听到人赞美你,我说"是的,的确",
任他们如何歌颂,我总觉不够;
但心里总这样想:因为对你满腔情意,
尽管拙于辞令,但我总是行动在前,无人可比。
那么,请敬他们多余的辞章,
敬我,只为我无言的真诚。

八六

他那雄浑壮丽的诗句,
是否扬帆直驶,去夺取宝贵的你,
让我成熟的思想流产于脑海,
把孕育它的胎腹变成坟墓?
他的灵魂是否师从幽灵,
让超凡的语句,成为我致命的打击?
不,不是他,也不是黑夜的使者,
帮助他恐吓我的诗句。
他,或他那趁黑夜用机智
欺骗他的友善幽灵,都不能
自夸他将把我控制得默不作声;
我并不会屈从于他们的威吓:
但是,当你的激励溢满他的诗行,
我就灵感尽失,这才会令我丧气。

八七

再见吧!你如此华贵,我无法高攀,
显然你也知道自己的身价:
你的身份赋予你取舍的权利;
我对你的契约到此全部终止。
未经许可我怎能把你占有?
我怎配享受这样的财富?
既然我没有收取这份厚礼的理由,
就只好把我的专利交回。
你曾对我倾心,是错估了自己,
或是我,你爱过的人,错误地将你接受;
因此,你这份重礼既然投错门庭,
在慎重考虑之后,就该重归家门。
就这样,我曾经把你占有,如一场梦,
梦里我高高在上称王称帝,梦醒才知是一场空。

八八

有朝一日,你把我轻视,
用轻蔑的眼神将我打量,
我也会与你一起攻击我自己,
证明你的贤德,即使你要把我抛弃。
我对自己的缺点了如指掌,
我自会把它们抬出来支持你的观点。
无人觉察的过失将自己中伤,
使你的背弃换来更多的荣光:
我也会因此有所收获;
因为我已将全部的爱倾注给你,
我对自己的伤害若对你有利,
我就会从中加倍受益。
我爱你至深,已把一切交给了你。
为你的美誉,我愿承受一切诋毁。

八九

若说你抛弃我,是由于我的过错,
我会立刻把对你的冒犯一一阐明:
称我瘸子,我会立即变跛变拐,
对你的理由我决不反驳。
爱人啊,凭你怎样对我侮辱,
尚不及我自我贬抑的一半,因为
我懂得你的心思,自此以后
我会与你绝交,让彼此形同陌路;
我会避开你的足迹;
你的芳名将不会再从我的浊口中提起,
怕我过分亵渎,一时失察,
泄露我们昔日美好的欢情。
为你,我发誓惩戒自己,
因为你所恨的,我决不爱惜。

九十

你若恨我,那就现在开始吧;
现在,当全世界都在和我作对,
请趁此和命运联手来让我低头,
别意外地走来做事后的摧毁。
啊,不要当我的心已逃离了忧伤时,
又走来为一个已被征服的厄难设宴;
别让暴风之后再随一个雨期,
拖长我注定的劫难。
如果你要离开我,别等到最后,
当其他的烦恼已耍尽了它们的暴虐;
请一开始就来吧:让我先尝尽
命运权威中应有尽有的罪恶。
其余的悲伤,即便现在愁思如是,
若与失去你相比,简直不值一提。

九一

有人夸耀门第,有人夸耀学识,
有人夸耀财富,有人夸耀体力,
有人夸耀衣饰,尽管那是病态的时髦;
有人夸耀鹰犬,有人夸耀骏马;
各种嗜好有其各自特殊的趣味,
沉浸其中,其乐无穷:
可这些东西全不对我的胃口;
我有一个快乐远胜过这些东西。
你的爱对我来说,胜过高贵门第,
比财富更富有,比华服更光艳,
比鹰犬、骏马更能带来乐趣;
有了你,我便可以笑傲全世界:
唯一遗憾的是,你可以随时拿走
你给我的一切,让我的财富顷刻化为乌有。

九二

尽管你可以不顾一切地偷偷溜走,
但你总会属于我,直到我生命的尽头;
生命不会比你的爱更长久,
因为它的存活,靠的是你的爱。
那么我就无须害怕最大的灾害,
既然你稍示冷漠就能置我于死地。
我看到一个更幸福的境遇
胜过让我追随你的爱憎起舞,
你的反复也再不能令我恼伤,
因为我的生命将在你舍弃我时终止。
啊,我找到了多么幸福的主题,
幸福地拥有你的爱,幸福地死去!
但世间哪会有完美无瑕的幸福?
也许你已背弃,而我一无所知。

九三

认定你是忠贞的,那我就活下去,
像被欺瞒的丈夫;于是爱的面貌
对我仍旧是爱,虽然你已有了新欢;
尽管眼睛望着我,你的心却去了别处:
憎恨不曾存留在你眼里,
因而我无法看出你是否变了心。
许多虚情假意的心迹,
都写在冷漠的表情和蹙颦的眉宇;
但上天造你时就已注定
你脸上永远的柔情;
不管你的心怎样变幻无常,
眼睛里诉说的只有蜜意与柔情。
你的妩媚如夏娃的苹果,
若你的外表与美德不相配合!

九四

谁有力量伤人而不去这样做,
谁不做别人认定他们会做的事,
谁让人动情,自己却坚如磐石,
坚贞冷峻,能抗拒诱惑。
谁就顺理传承了上帝的宠爱,
储藏和保管上天赋予的财产;
他们是自己面貌的主人,
别人不过是他们天资的仆人。
夏日的花朵给盛夏带来芳菲,
虽然它只是自开又自落,
但若花儿感染恶疾,
最卑微的草也会比它高贵许多:
因为最香的东西腐烂后会成为最臭,
溃烂的百合比腐草更令人难以忍受。

九五

耻辱被你装扮得多么温柔可爱,
它像芬芳玫瑰花心的毛虫,
把你含苞待放的美名玷污!
啊,多少温馨把你的罪过遮掩。
你那叙说自己往事的舌尖,
想把你的淫猥作乐细细评说,
口气里充满着赞美,而非指责;
提起你的名字,罪行也变成善德,
啊,罪过找到了多好的大厦,
它们把你挑选来做安乐窝,
在那儿,美为污点披上了轻纱,
触目的一切都变成了芳泽。
警惕啊,亲爱的,警惕你的特权;
最锐的刀不善利用也会失其锋利!

九六

有人说你的缺点在于年少放浪；
有人说你的魅力在于青春风流；
魅力和缺点都或多或少受人赞赏：
缺点在你那里也化做优秀。
若是戴在女王的手指上，
最劣的宝石也会受人景仰，
你身上显出的那些瑕疵
会变成德行，当做真理被推崇。
多少绵羊会受狼引诱，
如果那是一只披着羊皮的狼！
多少爱慕你的人被你诱入歧途，
如果你动用一切诱人的力量！
但别这么做；我是如此爱你，
因为你是我的，你的美名也属于我。

九七

离开了你,日子多像寒冬,
你是我飞逝流年中唯一的欢乐!
我感到无尽的严寒,看到无尽的黑夜!
触目是岁末荒寒的一片萧索!
而离别时正值夏天;
硕果累累,蕴藏着丰收的秋天,
满载着春天狂欢纵乐的果实,
像失去夫君后大腹便便的寡妇,
不过对于我,这丰盈的收获只是
惨淡的希望,如无父孤儿般乖异的果实;
因为夏日和它的欢乐只属于你,
你一走,鸟儿也不愿再展歌喉;
或者,即便歌唱,声调也那么凄切,
树叶变得惨白,畏惧着寒冬的到来。

九八

离开你时,正值春天,
明艳的四月披上亮丽的新装,
给一切灌注了青春跳跃的气息,
连沉重阴郁的土星也欢呼雀跃。
然而,不论是鸟儿歌声的婉转,
还是百花的姹紫嫣红、馥郁芬芳,
都不能让我把夏天的故事述说清楚,
或从孕育它们的缤纷山畦将之采起:
我不惊叹百合的洁白,
也不艳羡玫瑰的红艳;
除了芳香,它们只是悦目的模拟,
而你,才是它们作为典范的真身。
你不在身边,对我无异于寂寥的冬天,
我把春天当做你的影子,与之嬉戏。

九九

我这样指责那早开的紫罗兰:
温柔的小偷,你从哪儿偷来这缕馨香?
莫不是取自我爱人的芳息?
你柔嫩脸颊的一抹红晕
必是用我爱人的娇血染成。
我斥责百合花窃取你的玉手,
茉莉花盗走你的秀发;
玫瑰惊惶颤抖地站在刺上,
一朵羞得通红,一朵窘得惨白,
另一朵不红不白,每样都偷得一些;
赃物上还飘散着你的气息,
但它的偷窃之罪激怒了毛虫,
噬咬之下,了断了它的盎然盛开。
我注意过许多花,却未曾有一朵
不从你身上窃色偷香。

一百

你在哪里啊,缪斯?竟长久地忘记
把你全部力量的源头歌唱。
为何浪费激情于一些低劣的诗篇,
消耗你的力量去把俗物照亮?
归来吧,健忘的缪斯,立刻用
婉转清丽的旋律,赎回虚度的光阴;
唱给尊重你并把雄辩的力量
和技巧同赐给你文笔的人听。
起来吧,懒惰的缪斯,看看我爱人秀美的脸庞,
看时光可曾在那里刻下皱纹;
若如此,就把衰老嘲讽,
让众人都来痛斥时间的恶行。
赶在耗尽生命的时光之前,远扬爱人的美名,
你就能把锋芒与利箭抵挡。